Agarra que é Amor!

Agarra que é Amor!

Vanessa Bosso

astral cultural

Este livro foi revisado segundo o Novo Acordo Ortográfico da Língua Portuguesa.

Editora responsável Tainã Bispo
Produção editorial Aline Santos, Karen Barbarini e Natália Ortega

Dados Internacionais de Catalogação na Publicação (CIP)
Angélica Ilacqua CRB-8/7057

B757a Bosso, Vanessa
Agarra que é amor / Vanessa Bosso. -- Bauru, SP : Astral Cultural, 2016.
224 p.

ISBN: 978-85-8246-440-3

1. Literatura brasileira 2. Ficção brasileira I. Título

16-0795

CDD B869.3
CD 82-3 (81)

Índice para catálogo sistemático:
1. Literatura brasileira

astral cultural
Astral Cultural é a divisão livros da Editora Alto Astral.

BAURU
Rua Gustavo Maciel, 19-26
CEP 17012-110
Telefone: (14) 3235-3878
Fax: (14) 3235-3879

SÃO PAULO
Rua Gomes de Carvalho 1507, conj. 91, bloco B
CEP 04547-005
Telefone/Fax: (11) 3048-2900

E-mail: contato@astralcultural.com.br

EM POSIÇÃO DE LÓTUS, AGRADEÇO AO UNIVERSO PELAS INFINITAS POSSIBILIDADES CRIATIVAS. QUE ESTE LIVRO LEVE ESPERANÇA, ALEGRIA E AMOR A TODOS OS LEITORES DE CORAÇÃO ABERTO E ALMA CONTEMPLATIVA.

NAMASTÊ.

1

COM UM POTE DE SORVETE EM MÃOS, NÃO CONSIGO LEVAR NEM MAIS UMA COLHERADA À BOCA. MEU ESTÔMAGO ESTÁ FURIOSO E AMEAÇA COLOCAR TUDO PARA FORA SE EU NÃO PARAR DE COMER PORCARIAS.

Olho para os lados e vejo pacotes de salgadinhos vazios, duas embalagens de chocolate apenas com farelos, um pote de *marshmallow* pela metade e uma garrafa de vinho, que já era.

Um tanto zonza – mentira, bem bêbada mesmo – pesco o cartão de visitas sobre a mesa de centro recém-adquirida. Aliso a logo do spa em alto-relevo e meu estômago para de reclamar um pouco, emitindo sinais muito interessantes neste momento. É uma espécie de tremulação, como se a energia estagnada estivesse fluindo de dentro para fora. Isso é esquisito, apesar da sensação ser positiva.

O nome Thiago grita a plenos pulmões e não sei o que pensar sobre isso. Estarei surtando de vez? Rompendo finalmente a tênue linha da sanidade mental? O universo realmente falou comigo lá no supermercado ou sou uma debiloide romântica sem noção?

Deixo o cartão de lado e também o pote de sorvete. Encosto no sofá e fecho os olhos, pensando nos carmas e dharmas da vida. Estou em um ponto existencial em que algo precisa mudar, mas não sei identificar que mudanças seriam essas.

Minha mãe vive dizendo que colhemos aquilo que plantamos. Talvez eu esteja plantando fungos, ou ervas daninhas, ou, quem sabe, não esteja plantando absolutamente nada. A última opção é bem possível e me pego em desespero diante à constatação do atentado contra a minha própria vida.

Não plantar nada seria um tipo de suicídio, pressuponho.

Há um desconforto interno muito grande, uma desconexão que não faço ideia de como tenha surgido. Puxo na memória as situações mais terríveis pelas quais passei e não consigo identificar o evento exato que me levou a desconectar geral de quem eu verdadeiramente sou e da minha missão nesse planeta. Precisa haver uma missão, um motivo. Caso contrário, a vida não faz mesmo o menor sentido.

Resignada, ajeito a bagunça da sala e me arrasto para o quarto. Tiro o vestido de festa e o jogo num canto, sem qualquer cuidado. Desabo no colchão horroroso que a Patty me emprestou e o troço balança tanto que me atira no chão, sem a menor cerimônia. Afe, nem o colchão inflável me suporta.

Com cara de quem chorará até dormir, peço licença ao colchão e me deito, desculpando-me por existir. Olha, eu tenho muitos defeitos nessa vida, mas com relação ao excesso de drama, eu estou de parabéns.

O sono chega sorrateiro, tão logo as primeiras lágrimas se formam. Fecho os olhos marejados e permito que Morfeu, o deus dos sonhos, me carregue para um lugar mais divertido e interessante do que a minha ferrada e cármica vida.

2

O SÁBADO COMEÇA COMO SEMPRE. O SOL SE ESCONDE ATRÁS DA POLUIÇÃO; AS BUZINAS, APESAR DO FIM DE SEMANA, ESTÃO A TODO VAPOR; O MOTOR DO MEU CARRO COMEÇA A FICAR INDIGNADO POR SÓ ANDAR NA PRIMEIRA MARCHA NESSE TRÂNSITO INFERNAL; MINHA DOSE DE CAFEÍNA DIÁRIA NÃO FEZ O EFEITO DESEJADO; O MANTRA QUE ESTÁ ROLANDO NO RÁDIO NÃO ME ACALMA NEM UM POUCO... É UM DÉJÀ-VU TÃO IRRITANTE QUE PARECE QUE ESTOU VIVENDO O MESMO DIA TODOS OS DIAS.

Chego ao ateliê por volta das dez da matina. Não tenho um horário fixo de trabalho, portanto, ponto para mim. Mas, se eu não produzir, não vendo. E se não vendo, não recebo. E se não recebo, não pago as contas. E assim por diante.

Meu ateliê fica na Vila Madalena. É um sobrado bem antigo que foi reformado pelo ex-proprietário. Comprei o imóvel há dois anos, quando meus pais me deram uma boa grana para resolver a minha vida profissional. Valeu mesmo, gente.

O sino soa feliz quando entro. Bem, pelo menos alguém está alegre. A vendedora que contratei há cinco meses está se saindo muito bem e me dá um baita sorriso. A loja, que fica na parte da frente do sobrado, está bem arrumada e a vitrine é trocada todas as sextas.

– Bom dia, Luce – cumprimento, forçando um sorriso.

– Bom dia, Clara. Acabei de vender aquele lustre cheio de penduricalhos coloridos. A mulher amou.

– Amou o preço também? – questiono, interessada. – Achei que ficaria encalhado por séculos.

– Ela é conhecedora de arte, sabe o preço das peças de murano originais. Pagou à vista os oito mil reais.

– Uau. – Pego a agenda sobre o balcão e pergunto pelo café.

– Acabei de fazer, está fresquinho.

– Certo, depois de uma dose cavalar de cafeína, a gente conversa.

Na cozinha, com um balde de café fumegante, checo a agenda do dia. Preciso ligar para o artesão responsável pelas peças vintage da loja e, na segunda-feira, cobrar o fornecedor de argila. A entrega está atrasada, para variar.

Nesse sabadão de sol poluído, me proponho a terminar de confeccionar uma caixa de bijuterias que estou enrolando há tempos. Só falta colar o feltro e finalizar com verniz.

Ok, tudo certo no front.

Envio uma mensagem de bom dia para a Patty e sigo para o ateliê que fica na parte de cima. Jogo a bolsa sobre a mesa de trabalho de forma displicente e respiro fundo, pedindo inspiração ao universo.

Bem-vinda à realidade, Clara.

3

NA HORA DO ALMOÇO E COM A CAIXA DE BIJUTERIAS FINALIZADA, VASCULHO O YOUTUBE ATRÁS DE UMA ANESTESIA PARA A MINHA FRUSTRAÇÃO EXISTENCIAL E PARA O ÓDIO LATENTE QUE NÃO PARA DE ATORMENTAR. É NESSA BUSCA QUE ENCONTRO UMA PALESTRA SOBRE O DHARMA. O MONGE, COM CARA DE BONZINHO, FALA POR UMA HORA SOBRE O ASSUNTO E CAPTO ALGUMAS COISAS BEM INTERESSANTES.

Existem dharmas de vidas anteriores, uma bagagem do bem que pode ser acionada a qualquer momento. Também existem os dharmas da vida diária, aqueles em que os acertos proporcionam bem-estar e nos trazem a mesma energia de volta. É o famoso "gentileza gera gentileza", ou "amor gera amor", e por aí vai.

O monge também falou bastante sobre as dificuldades que enfrentamos e avisou que se você mudar a forma de enxergar, a situação também vai mudar. Tudo depende do ponto de vista do observador. Pessoas difíceis podem ser grandes professores para o treino de práticas espirituais como a paciência e o perdão. Ah, cara, começo a achar que não sou nadinha espiritualizada.

Pensando nisso mais profundamente e, ao mesmo tempo, cogitando solicitar um ticket de saída do planeta Terra, nem percebo quando o telefone toca. Volto para a realidade meio que na porrada e atendo. A voz da Patty toma meus ouvidos e ela começa:

– Me conte algo de útil, estou na TPM e à beira de um ataque de nervos – ela suplica. – Gata, estou com um desejo assassino muito doido e isso não vai prestar.

Ela me arranca um sorriso porque, convenhamos, a Patty na TPM é a maior comédia. Resolvo contar sobre o inusitado encontro na madrugada e, sem fazer rodeios, digo de forma despretensiosa:

– Conheci um cara ontem.

– Oi? Como é? Ontem? Que horas?

– Fui para o supermercado às três da madrugada. Sabe como é, dar um rolê, comprar porcarias comestíveis, essas coisas.

– Meu Deus, você está fora de controle – minha amiga declara e eu nem discuto a questão. – E eu achando que estava surtando... Clara, você sempre me supera. Conte mais, por favor.

– O cara é endocrinologista e sacou o meu desespero emocional devido ao conteúdo do meu carrinho de compras – confesso.

– Gente! – Ela cai na gargalhada. – E o que aconteceu depois?

– Bom, ele me deu um cartão de um spa, é mole?

A Patty ri de se matar e nem fico irritada com o fato. Espero que ela se acalme e só então revelo o nome do médico e faço uma breve descrição física. Também conto sobre a inauguração do tal spa e minha vontade insana de aparecer por lá só para dar uma conferida mais de perto.

– Ele chamou você de gorda louca – a Patty ironiza. – Gostei desse médico.

– Não estou gorda e nem sou louca – revido. – Ele pareceu um cara legal, apesar de ter se metido no carrinho de compras alheio. E tem mais, acho que o universo falou comigo.

– Como assim? Gata, não me esconda nada, estou adorando esse encontro ao acaso na calada da noite.

– Bom, depois que nos esbarramos no supermercado, vi o nome dele três vezes, como um chamariz. – Fico pensativa por um instante. – Não acha muita coincidência?

– Cara, sabemos que o acaso não existe – ela diz, certeira. – Será um dharma?

– Não faço ideia, mas estou louca, demente, insana para descobrir.

– Ah, Clara, eu também quero ir nessa inauguração. Me convide, me convide, me convide! – Apesar da Patty não estar presente no meu ateliê, sei que está dando pulinhos afetados como uma adolescente entusiasmada por nada especial.

– E o Davi?

– É noite das meninas... Tenho certeza de que ele entenderá – ela garante.

– Bom, tenho que checar se nós precisaremos de convites e essas coisas.

– Ele deu um telefone, certo?

– Certo. – Procuro pelo cartão dentro da minha bolsa zoneada e, após um tempo considerável, encontro-o. – Ligarei lá.

– Ótimo – ela comemora. – Noite das meninas e um possível dharma, aí vamos nós!

4

Os dias que se seguiram foram muito intrigantes. Vi o nome Thiago quinhentas mil vezes em diversos lugares. Outdoors, revistas, cartazes... Também o ouvi no rádio do carro, em conversas por aí, no sopro da brisa do fim de tarde... Uma loucura só.

É nesse clima que a noite das meninas chega e não faço ideia do que vestir. Sério mesmo que irei à inauguração de um spa atrás de um possível dharma chamado Thiago? Que desespero é esse, Deus? Falta de autoestima?

Chamando amor-próprio, na escuta, câmbio?

Câmbio?

Só estática. Nem o amor-próprio quer conversar comigo hoje.

Bufo alto e abro as portas do guarda-roupa, checando minuciosamente as novas aquisições que paguei com a grana que ganhei no cassino. Meus dedos deslizam pelos tecidos e não consigo escolher. Vestido? Saia? Burca?

Demoro a me decidir e, quando acontece, opto por um vestido de corte evasê, com um decote nada extravagante. Moderno, estruturado e sensual na medida certa. Não quero chamar uma atenção desnecessária, mas também não estou a fim de não ser notada. Foi uma escolha difícil, mas certeira.

De frente para o espelho, analiso as opções de sombras e batons. Sou básica, portanto, acabo preferindo o clássico batom rosa com sombra rosa e blush rosa. Com exceção do vestido que é roxo, estou buscando vibrar em cor-de-rosa para aliviar o cinza e o negro instalados dentro de mim.

Patty chega na sequência com um sorriso radiante e um vestido azul de calar a boca. Combinou a peça com um par de sapatos de causar inveja às simples mortais e uma bolsa colorida estilo carteira que comprou em Machu Picchu.

– Uau, você está um arraso – elogio. – E está brilhando também. O Davi faz muito bem para você.

– Não é? – Ela se apruma e joga os cabelos lisos para trás fazendo charme. – O Davi é o cara, Clara.

– Já saquei e estou muito feliz por você.

– Eu sei, gata. – Ela ajeita meu decote e limpa algo no meu rosto com suavidade. – Tenho certeza de que o seu cara está chegando, falta pouco.

Suspiro profundamente e checo a minha maquiagem no espelho uma última vez, só para disfarçar a vontade de chorar. A Patty capta o momento deprê e toca o meu ombro, buscando os meus olhos marejados.

– Você precisa confiar na vida, sabe.

– É, eu sei. – Eu reviro os olhos e as lágrimas secam sem cair. – Ficarei bem, prometo. Não entendo o que está acontecendo comigo, Patty.

– Talvez possamos partir para outra viagem, o que você acha? Ainda tenho quinze dias de férias vencidas. E ganhei uma boa grana naquele caso em que estava trabalhando. Índia? Egito? Austrália? Lua?

– Viajar? Depois do que passei com o Rafael? – Faço bico. – Acho que não, obrigada.

– Ei, foi um incidente isolado. – Ela tenta me animar.

– Afe, um incidente cataclísmico, isso sim – replico, alterada. Após uma pausa necessária, acabo perguntando: – O que o Davi contou para você realmente procede? A noiva, namorada, sei lá, terminou com o Rafael para todo o sempre?

– Parece que sim. O cara mentiu sobre a viagem e alguém contou sobre você e o caso que tiveram no navio – Patty revela e arregalo os olhos, me sentindo horrível. – Na boa, ele mereceu a porrada.

– Também acho, mas odeio ser pivô de algo desse nível.

– Você foi enganada, relaxe.

No elevador, silêncio total. No caminho até o carro da Patty, silêncio absoluto. Durante o trajeto, mais silêncio aterrador. Finalmente, minha amiga resolve romper com essa falta de palavras, mandando essa:

– Porra, pare de pensar tanto.

– Não consigo, sou pensadora compulsiva.

– E eu sou boxeadora compulsiva e vou socar a sua cara.

– Besta – resmungo.

– Dramática – ela retruca. – Vamos cantar bem alto como duas malucas. Escolha a trilha, gata.

– Certo. – Ligo o som e procuro a trilha perfeita para soltarmos a voz. Encontro uma música da Cher e aumento no último volume. Essa letra é muito foda e gritamos junto com ela, como duas adolescentes destrambelhadas a caminho de uma balada forte.

Cai uma garoa fina sobre São Paulo. A cidade fica quase humana em dias assim. Meia hora e muitas músicas de corno depois, viramos uma esquina e chegamos ao local da festa. A fila de carros é das grandes e a coisa parece uma première ou algo do nível. Checo a maquiagem uma última vez antes de a Patty deixar o carro com o manobrista.

Somos conduzidas até a entrada por um cara enorme e um guarda-chuva maior ainda. A hostess, extremamente elegante, usando um salto impossível para meras mortais, encontra nossos nomes na lista de convidados e nos entrega o que parece ser o cardápio da noite.

– Tenham uma boa festa, meninas.

– Amém, viu. Realmente preciso de uma noite fenomenal.

Ela sorri em compreensão com dentes tão brancos que chegam a cegar. Patty toma meu braço e atravessamos as portas duplas com o pé direito. Nem sou dessas supersticiosas, mas, né, não custa nada.

Apesar da entrada do spa ser suntuosa, o espaço interno revela um ambiente acolhedor, um tanto espiritual. Tem uma atmosfera rústica e moderna ao mesmo tempo. É estranho, parece que atravessamos alguma espécie de portal esotérico rumo à iluminação.

– Uau – é o que a Patty balbucia, girando o pescoço para todos os lados.

– Uau vezes mil – arremato boquiaberta.

Pescamos duas taças de espumante da bandeja de um garçom muito bonitinho e caminhamos pelo espaço. As pessoas estão alegres, falantes, bem-vestidas e com uma aura festeira. Não estou assim e a Patty me dá um cutucão doloroso nas costelas.

– Melhore esse astral – ela repreende.

– Hm, tá foda.

– Está. Esse seu campo vibracional de merda está me atingindo.

– Desculpe aí.

Continuamos a caminhada e saímos para uma área externa. A garoa deu um tempo e o aroma de folhas molhadas causa um efeito calmante. A área da piscina está parcialmente iluminada e nem parece que estamos em um bairro movimentado de São Paulo.

Vejo um Buda gigante sobre o gramado e a cena é inusitada. Patty aponta para um sino dos ventos bem diferente, cantarolando sua canção calmante ao balanço de uma brisa suave.

– Deveríamos nos internar por uma semana – Patty afirma e vira o conteúdo da taça. – Esse lugar é o máximo.

– Não é má ideia – concordo e procuro ao redor, tentando disfarçar minha ansiedade em cruzar novamente com o médico bonitão tudo de bom.

– Ainda não viu o tal Thiago? – Ela consegue ler a minha mente de maneira irritante.

– Se eu tivesse visto você saberia com certeza.

– Credo... com esse seu mau humor, ele vai é correr de você. – ela alfineta.

– Bom, aí terei certeza de que é carma – retruco e fecho a cara.

5

A NOITE ESTÁ CORRENDO TRANQUILAMENTE. EXPERIMENTEI UMAS COMIDINHAS VEGANAS E ATÉ QUE OS SABORES SÃO BEM INTERESSANTES. CLARO, NADA CHEGA NEM PERTO DE UMA COXINHA COM CATUPIRY OU UM PASTEL DE FEIRA BEM GORDUROSO, MAS ATÉ QUE DÁ PARA O GASTO.

Fizemos um tour guiado pelo spa e estou apaixonada pelo lugar. É gigantesco, convidativo e com uma energia diferente, como senti lá em Machu Picchu. Com certeza usaram o feng shui como guia na decoração dos ambientes.

Com a quarta dose de espumante em mãos, Patty e eu caminhamos pelo passeio no jardim principal. Ela está cogitando a possibilidade de nos hospedarmos por uma semana para uma desintoxicação alimentar e emocional pós-cruzeiro dos solteiros.

– Patty, não posso me ausentar do ateliê de novo – explico.

– Você é a dona, portanto, pode qualquer coisa. Contrate alguém por esse período para que a Luce não fique sozinha.

– Prometo pensar.

Nesse ínterim, Patty recebe uma mensagem intrigante do Davi no celular. Ela me encara com olhos arregalados e estende o aparelho na altura das minhas fuças. Leio o conteúdo e, ops, como assim ele está aqui, tipo, agora?

– Será que ele é um stalker? – questiono, intrigada.

Stalker é um termo que define pessoas meio sociopatas que vigiam, seguem e amedrontam seus objetos de admiração. Tive um namorado desses e quase surtei geral, afinal, até o meu celular ele chegou a grampear. Por sorte, chutei esse carma do mal antes de completarmos um ano de namoro.

– Espere, ele está digitando – ela avisa e fixamos os olhos na tela do computador.

Ah, caramba, que loucura é essa? Ele é amigo do Thiago! Gente, esse mundo é tão pequeno que começo a temer essa coisa de destino, acaso, encontros e desencontros. Patty desata a rir e estou tão chocada que meu queixo continua caído, abestalhado.

– Gata, isso sim é uma coincidência bizarra nível *hardcore* master mega ultra. O duro é que falei sobre a inauguração do spa e o Davi não disse absolutamente nada. – Ela fica pensativa. – Bom, ele deu uma risadinha estranha, como se soubesse do que eu estava falando. Agora entendi a deixa. – Ela estreita o olhar e não se conforma por não ter captado a mensagem.

– Onde ele está? – interrogo, procurando ao redor.

– Espere. – Ela digita a pergunta e a resposta chega na sequência. – Ok, está vindo até nós com o Thiago, eles já nos viram.

Engulo em seco e perco o ar. Ajeito os cabelos, a roupa, a postura e aliso de novo os cabelos e checo o decote... e tudo isso em questão de segundos. A Patty tomba a cabeça de lado e me fita, com um semblante divertido:

– Você está linda, relaxe. E outra, se for mesmo um dharma, ele reconhecerá você pela energia, não pela lingerie sexy que eu sei que está usando por baixo desse vestido.

– Patty, você não está entendendo, o Thiago é tipo um dharma tudo de bom. A primeira impressão é a que fica.

– Você ainda não sabe se é carma ou dharma. – Ela provoca e une as sobrancelhas.

– É só um palpite.

– Bom, até hoje você errou todos os palpites.

– Afe, vá parando por aí. – Estresso.

É neste instante que o vejo. O coração dispara, como se eu estivesse correndo em uma esteira de academia. O sangue para de circular como num dia de trânsito paulistano. A visão fica turva e o estômago liberta umas borboletas que eu achei que estivessem mortas. Conheço esses efeitos e não gosto nadinha deles.

– Gata, você não fez jus ao espetáculo de homem – ela sussurra e eu gemo. – Puta que pariu.

– Eu vou gaguejar, me ajude – suplico.

– Ok, deixe comigo.

6

THIAGO ESTÁ VESTINDO UMA CAMISA LISTRADA ESTILOSA, CALÇA JEANS ESCURA E PARECE ENVOLTO POR UMA AURA DIFÍCIL DE EXPLICAR. É UM MISTO DE NUVENS BRANCAS FOFAS, DIA ENSOLARADO E ARCO-ÍRIS. MEU ESPÍRITO CHACOALHA DENTRO DO CORPO, MAS NÃO ME PERMITO FICAR TRANSPARENTE, NÃO POSSO DEIXAR QUE ELE PERCEBA QUE SOU MALUCA E ESTOU À BEIRA DO DESESPERO.

Finjo uma quietude que não me pertence. Somos apresentados oficialmente pelo Davi e dou um sorriso contido, mandando sinais mentais para que minha mão não trema, nem fique gelada, nem quente ao extremo.

O cumprimento dele é mais forte do que o esperado. Na sequência, para o meu assombro, beija a minha mão e sorri, dizendo que é um prazer imenso me rever. Apesar da cena, mantém um certo distanciamento e essa barreira invisível murcha meu coração como uma flor sem água há dias.

Mas, também, que diabos eu estava esperando?

Ah, cara, sou uma solteira em crise, que novidade.

O tempo parece ter dado uma desacelerada proposital. Aproveito o momento e dou uma conferida mais detalhada no espécime masculino que está à minha frente. Os olhos são expressivos, num tom esverdeado com delicadas rajadas cor de mel. Os cabelos ensolarados possuem algumas mechas mais claras. A barba dourada está cerrada de maneira extremamente sensual. Ele sorri relaxado, como se estivesse muito à vontade consigo mesmo.

Depois das apresentações formais, Davi conta que eles são amigos de infância e, para o meu total e absoluto surto psicótico, descubro que o imbecil do Rafael também faz parte da turma. Poxa, eu sou muito azarada mesmo.

– E o Rafael não virá mesmo? – Thiago indaga ao Davi.

– Ele está curtindo uma fossa, sabe como é – Davi responde, me lançando uma piscadela na sequência.

– Sei bem como é... – Thiago responde e aí está uma coisa em comum entre nós. Ok, não é motivo para comemoração já que todas as pessoas que conheço na vida curtiram uma fossa amorosa alguma vez. – Eu deveria estar naquela viagem. – Ele me encara de maneira entusiasmada e arrepio involuntariamente. – Mas com a inauguração do spa se aproximando, não pude tirar férias. Nós tínhamos mesmo que nos conhecer, Clara. – Ele faz o apontamento com um sorriso brincalhão bem preso aos lábios rosados. – O que acha dessa tremenda coincidência?

– Não acredito em acaso – concluo, de maneira rápida e certeira.

Ele tomba a cabeça de lado e seus olhos verdes me fitam por mais tempo do que deveriam. Seu olhar se aprofunda e me perco ali, como se tivesse saltado de um avião e caído num oceano sem fim. Antes que a situação ficasse constrangedora, ele finalmente diz:

– Também não acredito em casualidades.

Não sei se foi o tom insinuante que usou, mas o fato é que meu espírito comemora de maneira alarmista. Enquanto rola o maior sambão dentro de mim, mantenho uma postura quase indiferente do lado de fora. Por que as pessoas fazem isso, hein? Qual o intuito das máscaras? Estou querendo parecer normal? Não quero assustá-lo? Qual é a minha?

Meu olhar recai sobre a Patty e ela sorri como se compreendesse o que está se passando comigo neste exato milissegundo. Ela sempre sabe o que rola no meu íntimo e parece estar dando o maior apoio, tanto que começa a perguntar sobre particularidades do spa, preços e a quantidade de vagas para os próximos dias.

Será que ela está cogitando mesmo a possibilidade de uma internação num spa? Bom, ela é minha melhor amiga forever, acredito que toparia até se internar num manicômio se isso pudesse me ajudar de alguma forma.

– Clara e eu precisamos mesmo desintoxicar depois daquela viagem – ela discursa, despretensiosa. – Acha que uma semana é o suficiente, Thiago?

– Uma semana é o bastante para uma desintoxicação – o médico responde e me fita demoradamente. – Mas pelo carrinho de compras da Clara, eu sugiro dez dias.

– Muito engraçado – me queixo, enquanto os três riem da minha cara.

– Eu ainda tenho alguns dias de férias vencidas. – Patty manda essa e me coloca contra a parede: – Que tal, Clara?

– Hein? – Tento escapar pela tangente. – Eu não sei.

– Dez dias em um spa é tudo o que precisamos depois daquele cruzeiro. – Ela se vira para o Davi. – Tudo bem para você?

– Claro! Vocês estarão em boas mãos. No Thiago, eu confio.

7

UM PALCO SE ILUMINA NO SALÃO PRINCIPAL DA FESTA. A BANDA ESTÁ A POSTOS E O SOM INSTRUMENTAL TOMA CONTA DO AMBIENTE. SÃO ACORDES LÍMPIDOS, CHEIOS DE VIDA E QUE NOS ESTIMULAM A MOVIMENTAR O CORPO, MESMO CONTRA A VONTADE DA MENTE.

Davi tira Patty para dançar e os dois bailam até a pista de dança. Meu estômago se retesa quando me vejo sozinha com o médico. Isso sim é uma situação constrangedora nível *hardcore*. Eu gostaria de ter algo inteligente a dizer, mas absolutamente nada me vem à cabeça. É como se os meus neurônios estivessem sob efeito de algum transe hipnótico.

– Você quer dançar? – Thiago convida e me estende aquela sua mão grande.

– Hm, você tem outros convidados que precisam de atenção. – Tento escapar.

– É só uma música, não irá comprometer o sucesso da noite.

– Você só está sendo gentil. – Baixo a cabeça, sem graça.

– Se você aceitar dançar comigo, posso acabar pensando a mesma coisa. – Ele mantém a mão estendida e resolvo não resistir. Nossas peles se tocam e um alarme interno dispara, como a sirene do corpo de bombeiros.

Mayday!

A mão dele desliza pelas minhas costas e para em um local estratégico. Sinto calafrios bem conhecidos e extremamente agradáveis. Ele segura minha mão esquerda com delicadeza e seu olhar é do tipo que pede licença para entrar.

Esse negócio de olhos nos olhos está me deixando nervosa. Thiago percebe meu desconforto e, com um sorriso lateral, baixa o olhar e me puxa para mais perto, o suficiente para que eu encoste o queixo no ombro dele.

Hm, assim está melhor. Espero que essa trilha musical demore algumas horas para terminar. O corpo dele me esquenta e a fragrância que se desprende daquele pescoço é do tipo matadora de solteiras em crise existencial.

– O que achou do local? – ele questiona, ao pé do ouvido. Seu hálito tem aroma de menta refrescante e me faz surtar.

– Eu adorei – respondo, com um murmúrio.

– Realmente está pensando em uma desintoxicação pós-viagem?

– A Patty está insistindo nisso. Não é má ideia.

A música termina e não quero me afastar, mas é necessário. Ficamos nos encarando por alguns segundos antes do nome dele ser chamado mais ao longe. Enfim, nada dura para sempre. Snif.

8

DO LADO DE FORA DO SPA, PESSOAS E CARROS SE MOVIMENTAM PARA LÁ E PARA CÁ. A GAROA NÃO VOLTOU A DAR AS CARAS E ESTOU PASSANDO UM SERMÃO NA PATTY, AFINAL, ELA AINDA ESTÁ COLOCANDO PILHA NESSE NEGÓCIO DE DESINTOXICAÇÃO.

– O que deu em você? Por que disse ao Thiago e ao Davi que nos internaríamos por dez dias? Eu ainda não dei o meu aval!

Patty me encara, sem entender os questionamentos raivosos. Bufo enquanto aguardo que os neurônios dela peguem no tranco e procuro pelo Thiago. Davi e ele estão entretidos numa conversa que parece bem engraçada. Só espero que não tenha nada a ver com a cena em que saí correndo de uma cabine, quase pelada, num cruzeiro de solteiros.

– Senti um possível dharma no ar – Patty diz, sacudindo o folheto do spa na altura do meu nariz. – O Thiago é o seu número.

– Do que está falando? – indago, estressada. – Ele mal me notou!

– Cara, estávamos no mesmo lugar? Com as mesmas pessoas?

– Pelo visto, não. Eu não sei o que você viu, sentiu, intuiu, a puta que pariu... Não me internarei num spa por dez dias só porque cruzei com um médico gostoso no supermercado que, por acaso, está solteiro e é amigo do seu namorado. Isso é ridículo. Nada de spa, entendeu?

– Tudo de bom esse spa, Clara. – Ela morde o lábio e checa novamente o bonitão do Thiago. – Fala sério, esse cara é perfeito pra você.

– Que droga! – rosno. – Você não está me ouvindo, Patty!

– Gata, você cruzou com o cara no supermercado, o Davi é amigo dele de infância, você tem visto o nome Thiago estampado por aí... Preciso continuar?

Engulo em seco e olho para o céu buscando por algum tipo de iluminação. Minha voz interna resolve surgir e sussurra o nome do spa trezentas mil vezes, como se fosse um mantra de libertação. Ainda assim, tenho minhas dúvidas com relação aos mandos e desmandos dessa voz intuitiva.

– Vai me jogar para cima dele? – questiono, desconfiada.

– Acha que eu faria isso? – ela revida, indignada.

– Ah, com certeza. – A fuzilo com um olhar esmagador.

– Gata, eu jamais colocaria você na fogueira. – Ela sorri, um tanto debochada.

– Se fizer isso, juro que rogo uma praga cármica na potência máxima em cima de você. – Ameaço, de forma contundente.

O semblante da Patty muda drasticamente e ela se aproxima. Ficamos com os narizes quase colados e pressinto que lá vem bomba. Seu olhar de cor indefinida me invade e ela afirma, em um tom repreensivo:

– Eu nunca colocarei você em uma situação difícil. Não confia na sua melhor amiga?

– Eu sei, desculpe. – Baixo o olhar, levemente envergonhada por tamanha desconfiança. – Patty, não posso me enganar de novo, meu coração não suporta mais.

– Então pare de esperar seu príncipe encantado e vá à luta.

– Nem espero mais por príncipes encantados, eles se vestem como gays e cheiram a cavalo.

Patty cai na risada e me pego rindo também. O clima tenso desanuvia e deixo meu olhar correr novamente para o Thiago. Ah, cara, por que ele precisa ser tão bonito? Que sacanagem!

– Vamos falar a sério, Clara. Seu nível de carência está bem alto e as chances de cometer um novo equívoco são altas, mas ainda assim, vale a tentativa. O único conselho que posso dar é: fique atenta. Sua intuição será seu guia mais confiável a partir de agora.

– Rá, prefiro confiar no tiozinho bêbado lá da esquina de casa – comento, exasperada.

– Nesse caso, só dez dias nesse spa poderão mostrar a verdade.

– Você não vai desistir dessa ideia, não é? – questiono.

– *Nope*.

– Merda.

9

THIAGO E DAVI SE APROXIMAM PARA AS DESPEDIDAS DE PRAXE. O MÉDICO DIZ QUE PRECISA VOLTAR PARA A FESTA E QUE FICOU FELIZ COM A NOSSA PRESENÇA. DEIXA UM BEIJO FRIO NO MEU ROSTO E MIRA O DA PATTY, FALANDO:

– Se convencer a Clara, prometo fazer um desconto bem legal.

– Ela está praticamente convencida. – Ela sorri, vitoriosa.

– Nesse caso, aguardo a reserva de vocês.

Thiago se despede em definitivo e, para minha total frustração, se afasta a passos largos. Suspiro tristemente. Patty capta a coisa toda e não diz nada. Não ainda.

Davi lasca um beijo no pescoço dela e avisa que nos seguirá em seu carro até o meu apê. Ele está falando algo sobre a insegurança em São Paulo, perigos e blá, blá, blá. Nem estou ouvindo, meu cérebro deu tilt.

– Vamos? –minha amiga me dá um cutucão e noto que o carro dela está parado a poucos metros de nós. – Está perdida no limbo?

– Sei lá onde estou – resmungo, injuriada.

– E lá vem o mau humor atacar outra vez. – Ela revira os olhos e me despeço do Davi sem delongas.

– Estou na sua cola, nada de rali pelas ruas, ok? –Davi lança uma piscadela para Patty e ela retruca, marrenta como sempre:

– Tem medo de perder um racha?

O Davi dá uma gargalhada gostosa e fixa o olhar na minha amiga por tempo indeterminado. De repente, tenho a sensação de que ambos estão numa conexão profunda e não tenho acesso a esse wi-fi divino. Antes que Patty resolva fazer uma aposta ou provocá-lo mais um pouco, Davi manda essa:

– Patty, meu único medo é de perder você.

Meus deuses do romance meloso! Ele disse isso mesmo? Minha amiga está boquiaberta e eu desato a rir, incrédula. Esse Davi é mesmo o máximo e até eu estou derretida agora. Mas uma coisa é certa, depois dos carmas de merda que a Patty viveu, ela merece um grande homem.

Amém.

10

NO CARRO DA PATTY, A MÚSICA AMBIENTE ESTÁ IRRITANDO OS MEUS OUVIDOS. APESAR DE SER UM CLÁSSICO DO ROCK, NÃO ESTOU NO CLIMA. DESLIGO O RÁDIO E BUFO ALTO, COM O MAU HUMOR NAS ALTURAS.

– Gata, o que está pegando?

– Sei lá. – Faço uma pausa para respirar. – Patty, você está amando?

Ela sorri timidamente. Ajeita uma mecha do cabelo escorrido atrás da orelha e segura firme o volante. Sei que está refletindo sobre o questionamento e aguardo o desfecho, ansiosa.

– Gata, o amor verdadeiro é construído com o tempo, mas posso dizer que preenchemos todos os quesitos necessários para isso acontecer. Acho que a palavra certa aqui é apaixonada.

– Apaixonada é legal – afirmo, bastante satisfeita. – Vocês são muito parecidos.

– Esse é um dos quesitos básicos.

– Concordo.

Miro a janela lateral e a cidade passa rápido, indo a lugar algum. Patty pigarreia e chama minha atenção. Olho para ela e noto que uma indagação está prestes a sair daquela boca avermelhada:

– Decepcionada com o desfecho da noite?

– Você não estaria? – rebato a pergunta.

– Hm, o Thiago pareceu apreensivo. Cuidadoso, eu diria. – Ela está defendendo o cara? Jura?

– Foda-se! – retruco e fecho a cara. – Mas também, o que eu esperava? Um encontro de almas desses de cinema? Um amor arrebatador logo nos primeiros capítulos como acontece nos livros?

As interrogativas pairam no ar como frases fantasmagóricas, tipo legendas flutuantes. O silêncio que se segue é pesado, reflexivo. Algum tempo depois, Patty resolve fazer uma pergunta profunda, dessas bem complicadas:

– O que quer para a sua vida? Que tipo de relacionamento você imagina para você?

O questionamento reverbera mais alto que o ronco do motor. Meus neurônios se agitam como espumante chacoalhado prestes a estourar a rolha. Respiro fundo e, sem pensar, deixo que as palavras ganhem vida, mesmo que acabem não fazendo sentido:

– Eu quero um homem de verdade. Desses que são tão autoconfiantes que não reprimam sentimentos por medo de parecerem frágeis ou imbecis. Um homem que tire de mim o que tenho de melhor, mesmo que seja com palavras duras do tipo porradas de amor. Que olhe para mim e realmente me veja, que compreenda, que saque as sutilezas das minhas mudanças de humor. Que entenda o meu silêncio e os meus gritos em momentos de explosão atômica. Que ria horrores dos meus dramas e me dê colo e chocolates quando a TPM aparecer para dar um olá. Um homem que seja honesto, cuidadoso, leal e com um puta coração, desses que abraçam a alma quando a coisa fica preta. Um homem que não tenha receio de me perder e, ao mesmo tempo, que fará de tudo para não me perder. Ele me dará a mão e não a soltará mesmo que um terremoto assole o planeta. Quero um homem que saiba dialogar, que não tenha medo de discutir a relação, que tenha paciência e compreensão suficientes para alcançar as minhas loucuras. Ele não desistirá de mim por nada, por ninguém. Eu quero um grande homem, desses que saibam que o único destino, a linha de chegada, é o amor.

Quando termino meu desabafo, Patty aciona a seta para a direita e encosta o carro, ligando o pisca-alerta na sequência. Sob a luz de um poste, ela me encara, meio abestalhada.

– Errei na resposta? Falei merda? – pergunto, sem me alterar.

– Gata, você foi profunda. Consegue repetir tudo o que disse?

– Claro que não. – Olho no espelho retrovisor. – O Davi está vindo aí – aviso e Patty abre o vidro para informá-lo de que está tudo certo no front.

– Não pare mais o carro desse jeito, levei um baita susto – ele pede e dá um selinho na Patty antes de retornar ao seu veículo.

– Davi é um grande homem – digo, olhando-o pelo retrovisor.

– Tirei a sorte grande – Patty afirma e eu retruco:

– Não é questão de sorte, e sim, de mérito.

– Ok, meus méritos são grandes. Valeu mesmo, Deus.

Passamos o restante do caminho sintonizadas em uma rádio que só toca músicas românticas. Enquanto cantarolamos de maneira esdrúxula, só para relaxar, não permito que minha mente viaje na maionese. Não quero pensar nos carmas passados, não quero projetar o futuro, não estou a fim de ficar fantasiando absolutamente nada com o gostoso do Thiago. Nossa, ele também é muito cheiroso, o aroma ainda está bem preso às minhas narinas.

Quando dou por mim, Patty encosta no meio-fio e os faróis do carro do Davi permanecem ligados às nossas costas. Remexo-me, um tanto desconfortável. Algo está me incomodando e não sei bem do que se trata.

– Quer conversar? – Patty saca que há algo fora de esquadro na minha mente sempre conflitante.

– Nem sei o que está pegando – respondo, no maior drama.

– Quer dormir lá em casa?

– Não, relaxe. Vá curtir seu amor. – Faço menção em abrir a porta do carro, mas Patty me detém.

– Gata...

– Estou bem. O que quer que seja vai passar.

– Certo. Qualquer coisa me ligue, por favor. – Ela dá um beijo no meu rosto e me segura pelas orelhas. – Não vá surtar sem mim, sabe que adoro participar disso.

Dou uma gargalhada e concordo com a cabeça. Saio do carro e aceno para o Davi, caminhando a passos apressados até a portaria do meu apê. A rua está mal iluminada, mas percebo uma silhueta recostada na árvore centenária que vive cercada por xixis de cachorros da vizinhança. Reconheço a figura, mas não quero crer. Ah, Deus, faça ele sumir, pegar fogo, ser abduzido, por favor!

– Clara.

– Que merda está fazendo aqui, Rogério?

11

ANTES QUE EU SAIA DISTRIBUINDO SOCOS E PONTAPÉS, PATTY E DAVI SE MATERIALIZAM AO MEU LADO. SINISTRO. MINHA AMIGA ESTÁ ROSNANDO E DAVI PEGA O MEU BRAÇO E ME AFASTA ALGUNS PASSOS DO IMBECIL QUE TENTA SE APROXIMAR.

– Fique longe dela, seu cretino. – Patty toma a frente e encara um cabisbaixo Rogério. – Você não tem nada melhor para fazer da vida? Tipo, vender as coisas que roubou da Clara?

– Patty, por favor, eu só quero conversar. – O tom dele é monótono e demonstra arrependimento. Ridículo.

– Seu otário, se não evaporar daqui agora, juro por Deus que convenço a Clara a fazer um B.O. contra você. Arrebento com a sua vida, entendeu? – minha amiga está grunhindo como nunca vi antes.

– Esse assunto é meu e da Clara. Não se meta nisso. – Ele ergue a cabeça e, mesmo na penumbra, posso ver um fio cortante em seu olhar.

– Ei, acho melhor você se mandar, camarada. – Davi dá um passo à frente e infla o peito de ar. – Quer conversar? Busque um terapeuta.

Seguro o riso, apesar de estar apreensiva com esse reencontro. Rogério me causa sensações horríveis e um ódio latente começa a emergir na boca do estômago. Esse cara me faz muito mal. Como pude me enganar por tanto tempo?

Numa olhada mais atenta, percebo que ele está acabado. Olheiras profundas, cabelo desgrenhado, roupa sem passar e sustenta um semblante dolorido. Não cairei nessa.

– Clara, por favor. – Rogério estende a mão e instintivamente recuo, como se ele estivesse armado e eu precisasse me proteger.

– Eu vou chamar a polícia. – Patty ameaça. – Suma daqui agora, Rogério.

De repente, me sinto enfraquecida. É como se a minha energia estivesse sendo drenada. Noto que Rogério está se fortalecendo, tornando-se mais firme e decidido. Caramba, que poder é esse que ele tem sobre mim?

Vampiro desgraçado.

Meus ombros se retesam e minha postura é de submissão. Porra, reaja, Clara! Não permita que esse imbecil a coloque numa posição inferior! Retome o seu poder!

– Vá à merda, Rogério. – Subo o tom de voz e faço uma força descomunal para erguer os ombros também. – A única coisa que eu quero de você é distância. Nunca mais ouse cruzar o meu caminho, entendeu? Esqueça da minha existência. E se você insistir, deixarei que a Patty tome as medidas legais cabíveis. Você está morto para mim.

Não sei se foi o tom de voz ou a postura de mulher bem resolvida que adotei, mas o fato é que o Rogério imediatamente enfraquece. O olhar cortante some das vistas e ele se curva, ainda que imperceptivelmente. O poder é meu e ninguém tasca mais, seu babaca.

– Eu só quero o seu perdão. Eu me arrependi, Clara. – Ele gagueja e não sinto um pingo de pena. Aliás, a única coisa que capto é a mentira no ar.

– Aprenda a valorizar uma mulher e você nunca mais passará por isso, Rogério – rebato, irritada. – Agora, se me der licença, tenho uma vida me esperando e você, graças a Deus, não faz mais parte dela. Até nunca mais, seu otário.

12

– Preciso de um whisky, alguém quer?

A bordo do meu apê, pego três copos no armário da cozinha. Patty abre a garrafa e despeja a bebida igualmente nos três recipientes. Sem brindes ou quaisquer palavras, viramos o conteúdo de uma só vez. O líquido desce queimando e preciso de mais uma dose.

– Que cara de pau. – Patty enche o meu copo novamente e viro numa golada só. – Inacreditável.

– Esse babaca é perigoso? – Davi questiona, preocupado.

– É um covarde – respondo, trincando os dentes. – Acho que entendeu o recado e não tornará a me procurar.

– Todo o cuidado é pouco, gata. – Patty suspira alto e alisa os cabelos para trás de maneira nervosa. – Nunca se sabe o que um imbecil desses possa estar tramando. Ele é meio psicopata, tenho medo de pessoas assim.

– Já disse, ele é covarde. Não se preocupem, não veremos as fuças dele por muito tempo. – Finalizo o assunto e a última dose de whisky. – Crianças, agradeço o apoio moral, mas está na hora de puxarem os carros.

– Venha dormir na minha casa, gata. – Minha best friend forever deixa o copo sobre o balcão e me fita, temerosa.

– Estou protegida aqui dentro, mamãe. Podem ir.

– Clara, qualquer problema, ligue para nós. – Davi dá um beijo na minha testa e toma a mão da Patty. – Vou deixar meu telefone na portaria caso o imbecil resolva aparecer de novo.

– Gente, eu sei me defender, qual é?!

– Amanhã eu ligo pra você. – O franzido na testa da Patty não se desfaz. – E, gata, pense com carinho no spa.

– Pensarei, prometo. Agora se mandem que quero dormir naquele colchão horrível que detona as minhas costas.

– Não cuspa no prato que está comendo, que coisa mais feia. – Patty rebate e finalmente sorri. – Não empresto mais nada para você, sua mal-agradecida.

– Que bom! – Ergo as mãos para o céu.

– Afe, sua ingrata.

13

OBVIAMENTE NÃO CONSIGO DORMIR. SOU OBRIGADA A DESLIGAR O CELULAR DEVIDO À QUANTIDADE DE PEDIDOS DE PERDÃO SENDO ENVIADOS PELO ROGÉRIO. SERÁ QUE PRECISO SER MAIS CLARA? MANDAR PARA O QUINTO DOS INFERNOS COM TODAS AS LETRAS?

O ódio me corrói nesse instante. As pessoas só dão valor quando perdem, mas não acredito que esse seja o caso do Rogério. Ele é um sádico desgraçado e deve estar querendo se divertir mais um pouco às minhas custas.

Me ergo do colchão tosco e caminho pelo apartamento na penumbra. Minha voz interna diz que devo me ausentar por alguns dias e que o spa é uma ótima oportunidade para isso.

Pego o folheto explicativo sobre a bancada da cozinha. Se fecharmos o pacote de dez dias, teremos direito a massagens corporais, terapias alternativas, tratamentos de pele, nutricionistas, psicólogos de plantão e todas as práticas que compõem um spa. Além, é claro, de consultas com o médico bonitão dos cabelos ensolarados.

O que mais eu poderia querer?

Eu sei bem o que quero com tudo isso, mas, enfim, prefiro me enganar e dizer em voz alta que preciso perder uns quilos, fazer uns tratamentos estéticos, malhar o corpo e desintoxicar das porcarias ingeridas nos últimos tempos.

Só isso, ok?

O Thiago não tem nada a ver com a minha decisão, certo?

Certo?

Certo. Estou convencida e agora preciso convencer a Patty de que minha internação num spa por dez dias não tem nada a ver com o Thiago. Espero soar despretensiosa.

Me pego pensando nessa coisa de relacionamentos amorosos. Será mesmo que preciso de outro alguém além de mim? Não posso simplesmente me amar e ponto final? Por que ter um parceiro é tão importante assim?

Milhões de respostas surgem e nenhuma delas consegue tapar o buraco no meio do peito. Talvez, amar seja um troço complicado demais e, por isso, precisamos tanto do outro. É tipo uma bússola, um termômetro, uma luz no fim do túnel escuro.

O cérebro se aprofunda no assunto e sinto uma fisgada no coração. A sensação é de que um fio invisível se conectou e, agora, mente e coração começam a falar a mesma língua. Hmmm, isso soa interessante.

Encarando essa conexão como um avanço, sorrio e caminho de volta para o quarto, na certeza de que nem tudo está perdido. Eu serei muito feliz, só agora tenho plena consciência disso.

14

O DIA NASCE COMO SEMPRE ACONTECE,
SEM SE IMPORTAR COM OS DRAMAS HUMANOS.
ABRO A JANELA DO QUARTO E O SOL INVADE
O AMBIENTE, LANÇANDO LUZ ONDE ANTES SÓ HAVIA
ESCURIDÃO E UM MOSQUITO IRRITANTE ZUMBINDO.

Caminho sem pressa pelo apartamento, arrastando os pés no piso laminado. Paro em frente à bancada da cozinha e acaricio o folheto do spa, como se fosse um bichinho de estimação. O telefone soa alarmado e atendo.

Patty pergunta sobre o Rogério, quer saber se dormi bem, se sonhei com o gostoso do Thiago e essas coisas mundanas. Num dado momento, finalmente questiona sobre o spa e começo a lançar justificativas para a minha futura resposta. Ela escuta pacientemente e então, em um tom frio e calculado, informo a decisão:

– Pode fechar os dez dias de tratamento.

– Hm, esse seu distanciamento é, no mínimo, inusitado. – Patty suspira do outro lado da linha. – Acha mesmo que vou cair nessa?

Sei que está louca para entender o mistério chamado Thiago. Você não me engana, gata.

– Droga, achei que tinha convencido você do contrário. Às vezes eu odeio você, sabia? – resmungo.

– Claro que sim e isso é hilário.

– Afe.

Checo a minha agenda e Patty faz o mesmo. Tenho uns trabalhos para finalizar e precisarei de uma semana para deixar tudo em ordem no ateliê. Minha amiga mexe em algumas datas e conseguimos casar nossos dez dias de folga.

– Eu li no folheto que revistam nossas bagagens no check in.

– Li isso também e me apavorei. – Fico pensativa. – Como entraremos com chocolates?

– Um fundo falso é uma boa. Não posso ficar sem cacau hidrogenado ou matarei alguém.

– Eu também. – Mordo o lábio e passo o telefone para a outra orelha. – Fique tranquila, daremos um jeito. E, se descobrirem o fundo falso, tenho certeza de que há uma rede de tráfico de chocolates lá dentro.

Patty solta uma gargalhada sonora e me pego pensando no cenário: mulheres negociando, na calada da noite, trocando chocolates por cigarros, dinheiro, joias e outras moedas de barganha das mais absurdas.

– Clara, vamos nos divertir muito nesse spa.

– Tenho certeza disso.

15

Hoje é o dia da internação no spa.
De malas prontas, uno as mãos em oração
e peço a Deus que as barras de chocolate não
sejam descobertas. Fiz um fundo e espero
que não seja detectado por nenhum cão
farejador de guloseimas. Isso seria uma tragédia.

Minha amiga entra em cena com um sorriso conspiratório. Meneio a cabeça em compreensão e desejo que o fundo falso dela seja melhor do que o meu. Pegamos as bagagens e checo se fechei todas as janelas do apê. Tudo certo, podemos partir.

No elevador, meu celular vibra. Puxo do bolso da calça, contrariada. A Patty pergunta o motivo da minha cara de má e mostro o visor do celular para que ela se inteire do assunto.

– O Rogério não se cansa – afirmo.

– Bloqueie esse idiota.

– Tenho um lado sádico. Minha sombra, apesar de irritada com o fato, está se divertindo horrores.

– Controle sua sombra e acabe com isso, Clara. Ficar se alimentando da humilhação alheia não é legal. – Patty repreende e me sinto mal.

– Tem razão, desculpe a minha fraqueza. – Aperto umas teclas e bloqueio o imbecil. – Meu ego estava saltitando apesar de tudo.

– Já disse, comemorar a lei do retorno é para os fracos.

– Não sou evoluída – rebato.

– Se você tem o conhecimento necessário, tem responsabilidade sobre ele. – Uau, que tapão na minha cara. – Você será cobrada por isso, sabia? E a vida não perdoa, Clara.

– Credo! – Deixo a bagagem no chão e faço o sinal da cruz. – Ok, não comemoro mais a desgraça alheia.

– Boa menina. – Patty respira fundo e muda de assunto.– Pronta para dez dias de fome?

– De jeito nenhum... E você, está pronta para aguentar o meu mau humor faminto?

– Deus do céu, não mesmo. – Ela revira os olhos.

– Obrigada por entrar nessa roubada comigo, Patty.

– Obrigada por me permitir fazer parte das suas loucuras, Clara.

16

HORA DA REVISTA NAS BAGAGENS.
OS CHECK INS FORAM REALIZADOS SEM PRESSA
POR UMA RECEPCIONISTA COM OS CABELOS COR-DE-ROSA.
ELA NOS ENTREGOU O CRONOGRAMA DO PRIMEIRO
DIA E, AGORA, ESTAMOS NAS MÃOS
DA NUTRICIONISTA DE PLANTÃO.

Ela faz o tipo sargento e nos questiona sobre as bagagens. Estamos passando por uma minuciosa fiscalização e começo a pensar que está mais difícil entrar nesse spa do que no aeroporto de Miami. Não vejo cães farejadores, nem equipamentos que detectem guloseimas. Ufa, acho que os chocolates estão a salvo.

– Isso tudo é realmente necessário? – Patty indaga quando o fundo falso em sua mala é apalpado pela recepcionista dos cabelos rosa-choque.

– Não é legal se enganar. – A nutricionista sargentão resolve auxiliar a recepcionista quando saca que há algo errado. Logicamente ela captou a aura pecaminosa por trás da pergunta da Patty.

– Droga – ouço minha amiga resmungar.

Meus olhos se fecham quando o contrabando da Patty é descoberto. As duas farejadoras sorriem, cúmplices. Patty e eu fingimos surpresa quando quatro barras de chocolate são confiscadas.

– Nossa, amiga, que coisa feia. – Finjo estar chocada.

Ela trinca os dentes e seu olhar me rasga ao meio. Quero rir, mas não posso, tenho que manter as aparências. Se essas duas descobrirem o meu fundo falso, estamos ferradas.

– Meninas, vocês não passarão fome por aqui. – A nutricionista com ares militares nos lança um sorriso brilhante e levemente cortante. – E temos sobremesa.

– Sério? – questiono um tanto descrente.

– Nosso chef é excelente. Vocês nem pensarão em chocolates.

– Sendo assim... – Deixo a frase morrer no ar.

– Sendo assim, me entregue suas barras de chocolate. – Ela estende a mão na minha direção e me faço de desentendida. – Sério, Clara, seja honesta com você mesma.

– Meleca – balbucio e sei que preciso me entregar. Bom, entregar os chocolates, nesse caso.

– Ande, passe para cá. – A nutricionista faz um clássico sinal com a mão em riste e Patty ri da minha cara.

Mesmo a contragosto, aponto o local onde criei um fundo falso na mala. Com o auxílio de uma tesoura, elas encontram o meu ouro. Duas barras de chocolate branco e três de chocolate ao leite com amendoins. Suspiro, inconformada por ter sido pega em flagrante. Droga, Clara, que vacilo.

– Estão liberadas. – A recepcionista do mundo cor-de-rosa nos encara, sorrindo. – Ficarei de olho em vocês, meninas. Sejam muito bem-vindas.

Afe.

17

APÓS UM TOUR DE RECONHECIMENTO PELO SPA, PATTY E EU DESCOBRIMOS QUE DIVIDIREMOS UMA SUÍTE. É AMPLA, COM DUAS CAMAS QUEEN SIZE E UMA TELEVISÃO GIGANTESCA PRESA À PAREDE. ELA TAMBÉM TEM UMA BANCADA DE TRABALHO COM VÁRIAS TOMADAS DISPONÍVEIS PARA CONECTARMOS NOSSOS DISPOSITIVOS ELETRÔNICOS.

O banheiro é imenso, com dois chuveiros, duas cubas, duas bacias, dois itens de tudo. Sobre a pia de granito vejo shampoos, condicionadores, sabonetes artesanais e uns cremes corporais em embalagens mimosas.

Estou triste pelos chocolates, a vida não foi nada legal comigo. Mas, em vez de ficar lamentando a perda inevitável, desfaço as malas, arrumo minhas coisas no quarto e leio atentamente o cronograma do primeiro dia.

– Patty, vamos morrer nesse spa. – Dramatizo.

– O que eu não faço por você, hein?

– Cara, onde amarramos nossos carmas? – Choramingo em desespero. – Homem nenhum vale o esforço. O que estou fazendo da minha vida?

– E se esse homem for um dharma? – Ela ergue as sobrancelhas duas vezes.

– Dharma em um centro de tortura? Ficou louca? – Reviro os olhos. – Você leu a porra do cronograma de horários? Isso é carma da pior categoria.

– Estamos ferradas, que novidade. E, Clara, pare de dizer que está aqui por causa do Thiago, essa não é toda a verdade. Viemos para você desestressar e sair dessa vibe depressiva. Conhecer mais a fundo o Thiago é só um bônus. Ou ônus, ainda não dá para saber.

Antes que ela continue a me dar porradas, duas batidas à porta nos trazem de volta à realidade. A recepcionista rosinha nos avisa que temos uma entrevista com o médico endocrinologista.

Ela disse endocrinologista?

Ah, minha Nossa Senhora dos Carmas!

É o que basta para minhas glândulas sudoríparas trabalharem na máxima capacidade. Essa informação acaba de gerar uma batedeira infernal no meu peito, juntamente com um frio congelante no estômago.

– Droga, Patty, é óbvio que direi merda, que farei alguma merda, que serei uma grande merda. – Entro em pânico.

– Respire fundo e acalme os nervos ou darei um tapa na sua cara.

– Patty, é sério. – Eu a chacoalho pelos ombros.

– Eu sei que é, você é insegura pra caramba. Pare já com isso, seja você mesma, seja autêntica.

– Rá, não quero ser uma merda na frente dele.

– Você é uma merda, Clara?

Silêncio constrangedor. Não, não sou uma merda. Bem, penso

que sou, mas sei que não sou. Ou talvez eu seja e cá estou eu me enganando. É possível que eu seja legal e me ache uma merda... Ah, que droga, desisto!

Patty toma meu rosto entre as mãos e encara no fundo dos olhos arregalados de pavor. Respira fundo e eu a imito. Inspira devagar, expira devagar. Quando nota que estou mais calma, ela manda essa:

– Clara, repita comigo esse decreto: divina providência em meu coração, que nessa entrevista eu seja autêntica e totalmente espontânea.

Esse tal de "repita comigo" causa o efeito contrário e entro em pânico de novo. Autêntica? Espontânea? Ele me achará uma idiota! Aliás, eu sou uma imbecil. Como assim me internei num spa para conhecer um médico gato que cheira à dharma e almíscar? Que maluquice!

– Patty, não está funcionando.

– Percebi, gata. – Ela dá de ombros como se eu fosse um caso perdido. – Clara, seja verdadeira e tudo dará certo. Confie em mim.

– Eu confio em você, só não confio em mim.

– Que merda! Que vontade de dar na sua cara! – Ela estressa e eu fico de cabeça baixa. – Pare já com isso!

– Não se irrite, eu te amo.

– Também amo você, mas vamos combinar, esse seu mimimi é de lascar, viu.

18

ANSIOSA E TENSA, ENTRO NO ESCRITÓRIO DO MÉDICO BONITÃO E MINHAS PERNAS SE TRANSFORMAM EM GELATINA. ESTOU MEIO FLÁCIDA MESMO, ENTÃO ISSO NEM É ALGO DE OUTRO MUNDO.

Thiago abre um sorriso daqueles que arrebentam qualquer estrutura e, imediatamente, me desarmo. Não pressinto qualquer tipo de perigo, com exceção da minha pessoa, lógico.

Ele está todo de branco e a calça modela os lugares certos com maestria. Faço uma força descomunal para olhar somente o necessário e finjo não estar fantasiando coisinhas envolvendo uma maca e um estetoscópio.

Ok, esqueçam o estetoscópio.

Ele alisa os cabelos dourados para trás com um charme peculiar. Aponta para uma poltrona e caminho até lá, tentando parecer descompromissada. Se deu certo ou não, só Deus sabe.

O olhar esverdeado me segue com um certo interesse e mudo o foco, varrendo a sala com os olhos. Noto um altar sobre um aparador atrás da mesa de trabalho. Vejo deuses hindus, egípcios, um Buda, um ser angelical que me parece o Arcanjo Miguel, uma vela lilás com o nome de Saint Germain, um pote translúcido com cristais de todas as cores e tamanhos, um incenso queimando... Coisas que não se veem todos os dias num consultório médico.

Está na cara que ele faz o tipo esotérico e deve curtir um estilo metafísico de tratar seus pacientes. O fato deveria me causar algum tipo de conforto, mas não é bem assim que me sinto.

Thiago percebe meu interesse no altar, mas não diz nada sobre o assunto. Toma o assento à minha frente e leva o indicador à boca, me analisando como um bom médico deve fazer.

– Certo, vamos começar. O que exatamente a trouxe aqui, Clara?

– Você me convidou, lembra?

Ele sorri, enigmático.

– Você entendeu a minha pergunta.

– Sim, entendi.

– O que a convenceu a passar dez dias em um spa?

Droga, Patty pediu para eu ser verdadeira, mas como fazer isso diante desta pergunta? Preciso mentir, é inevitável! Penso antes de falar e, quando resolvo me expressar, a coisa sai assim:

– Não sei.

Pensei que arrancaria uma gargalhada dele ou coisa pior. Nada disso acontece, ele se mantém meditativo como um mestre zen. Diante do inabalável médico, guardo o sorriso.

– Vou reformular a pergunta: qual a maior frustração que já enfrentou na sua existência?

– O que isso tem a ver? – Uno as sobrancelhas e aguardo.

– Tudo a ver. As frustrações exercem poder sobre nós, possuem conexão direta com o estilo alimentar. Consegue responder a essa questão sem pensar muito?

Mesmo diante de uma pergunta descabida, resolvo me entregar:

– Não existe amor no mundo. Essa, com certeza, é a maior frustração da minha existência.

Thiago contrai os lábios, pensativo. Anota algo numa caderneta que não sei de onde saiu. Bate com a caneta sobre o papel e parece analisar alguma coisa muito importante. Ele retoma, mandando uma pergunta que me escandaliza:

– Costuma mendigar o amor dos outros?

– Como é? – Arregalo os olhos, chocada com o absurdo da pergunta. – O que isso tem a ver com o meu tratamento de dez dias?

– Não racionalize, Clara.

– Como não? Essa pergunta não tem nada a ver! – metralho, totalmente indignada.

– Só estou buscando o âmago da sua questão alimentar – ele justifica, mas não está na defensiva. – Costumo personalizar o tratamento de acordo com essa entrevista.

– Isso é algum tipo de tratamento de choque? Vai me hipnotizar e provar que o amor existe? E que a falta de amor tem relação direta com a dificuldade em perder uns quilos extras?

– Um médico não deve tratar a doença, mas, sim, descobrir a causa – ele explica, sem se alterar.

– Não estou doente – rebato, irada.

– Ainda não, mas seu carrinho de compras avisou que ficará. Entenda, a falta de amor gera muitas doenças e podemos tratá-las agora, antes que elas se manifestem no seu corpo físico. Esse spa é muito diferente do convencional, Clara.

– Percebi. – Me pego com raiva e nem sei o motivo.

– Está com raiva, não é? – Ele me observa com aqueles olhos esverdeados e sustenta um ar de vidente.

– Como sabe?

– Encontrei a causa da sua compulsão por chocolates e aquelas porcarias que come quando está frustrada. Por isso está com raiva.

– Ah, entendi. – A raiva começa a se dissolver e vou me acalmando gradativamente. – Sério que essa resposta vai ajudar você a traçar uma estratégia de combate à minha compulsão por porcarias quando estou emocionalmente ferrada?

– Esse é o plano e sempre dá certo.

– Bom, nesse caso, carta branca para você, doutor.

19

AINDA NO CONSULTÓRIO MÉDICO, APÓS INÚMERAS PERGUNTAS E RESPOSTAS SOBRE MEU ESTILO DE VIDA, THIAGO FAZ ANOTAÇÕES E ESTOU MUITO CURIOSA COM AS OBSERVAÇÕES QUE ELE GRIFA. TENTO ESTICAR O OLHAR PARA DAR UMA XERETADA BÁSICA, MAS NÃO CAPTO NADA SUBSTANCIAL.

– Clara, vou sugerir algumas sessões holísticas para que consiga reconectar seu coração com a sua mente.

– Nunca ouvi falar disso. – Cruzo os braços, na defensiva.

– Basta saber que os resultados são fantásticos, mesmo em curto prazo. Também estou inserindo yoga, meditação e outras práticas espiritualistas. Precisa domar o seu ego e só assim vai conseguir ouvir a sua intuição com clareza. Quando isso acontecer, sua tendência à autodestruição por meio de alimentos e bebidas nocivas estará com os dias contados.

– Você me enganou, isso aqui não é um spa. – Estreito o olhar.

– É um spa sim, mas em vez de tratarmos somente do corpo,

tratamos a alma em primeiro lugar. – Thiago recosta na poltrona e cruza os braços atrás da cabeça. – A causa de todo o sofrimento humano é a identificação com o ego. De acordo com as suas respostas, percebi que possui um ego destrutivo, que não para de afirmar que você não é boa o bastante, que não merece ser amada, que é um fracasso em todos os sentidos. Vamos trabalhar nisso. O que acha?

– Ainda não vejo conexão com a minha alimentação e os quilos extras que ganhei naquele cruzeiro.

– Não pense no assunto, a mente não pode racionalizar o que estou dizendo.

– Esse tipo de tratamento não constava do folheto explicativo – comento, um tanto desconfortável por Thiago ter decifrado meus defeitos tão rápido. – Não sei se estou pronta para isso.

– Você só tem o agora para fazer alguma coisa. O passado já foi e construímos o futuro hoje.

– Você tem respostas para tudo? – indago.

– Não. Você tem.

– Oi? – Ergo as sobrancelhas e me remexo na poltrona como se escorpiões do mal espetassem a minha bunda.

– Só você tem as respostas que precisa. O que faremos aqui é simples: vamos reconectar e colar o que estiver quebrado no seu interior para que você possa viver no agora, na totalidade das experiências da vida.

– Novamente: isso aqui não é um spa?

– Clara, estou sim preocupado com a sua alimentação, quero que fique saudável. Mas não adianta nada comer bem e se alimentar de sentimentos ruins. Compreende?

– Você me despiu sem me levar para jantar, doutor – ironizo.

Ele ri. E é um sorriso tão contagiante que imediatamente

relaxo. Ele alisa o cabelo de forma muito sedutora e me pego suspirando. Afe, será que ele percebeu? Espero que não.

– Topa o desafio dos dez dias?

– Eu já paguei, portanto, não tenho escapatória – digo, com um tom de lamento.

– Posso devolver o investimento. – Thiago deixa um sorriso de canto escapar.

– Sabe que não vou desistir – rebato.

– Sim, eu sei. Você adora um desafio, seu ego me mostrou isso.

– Poxa, pare de me ler desse jeito.

– Você é transparente, impossível não ler.

Oh céus, ele falou as palavrinhas mágicas. Ele me lê, isso quer dizer que me entende, certo? Até o dia de hoje, só a Patty e a minha mãe me entendiam e com ressalvas.

O fato em si é bom? É ruim? Não sei! A única coisa que posso afirmar com certeza é que estou enfeitiçada e apaixonada por esse cara. Eu disse apaixonada? Não! Eu quis dizer admirada, isso sim.

Estou incrivelmente admirada com esse cara e ponto final.

20

CRUZO COM A PATTY NA SAÍDA DO CONSULTÓRIO. ESTOU UM TANTO ZONZA E ELA ME ENCARA DE CIMA A BAIXO. SOLTO UM SUSPIRO CHEIO DE SIGNIFICADO E MORDO O LÁBIO INFERIOR, INCERTA. ELA ENTRA NO MODO TELEPATIA E COMPREENDE QUE A ENTREVISTA COM O BONITÃO FOI ALÉM DAS NOSSAS CONJECTURAS.

– Muito ruim? – ela questiona.

– Não sei dizer. É íntimo, portanto, ultrapassa nossas linhas de defesa – revelo.

– Isso me parece bom.

– Se você não for eu, isso é bom sim – satirizo. – Enfim, vale a pena se despir para o galã.

– Você se despiu? – Ela ri.

– Você entendeu – rebato, fechando a cara.

– Sim, entendi. Foi bom para você?

– Pare, Patty.

– Ok, parei.

Ela faz um sinal de ok e entra no consultório. Checo meu itinerário e caminho de encontro à aula de yoga que vai começar em cinco minutos. Sempre detestei yoga, odeio ficar parada e realizar movimentos vagarosos. Mas o Thiago disse que será bom, que vai me ajudar na hiperatividade cerebral e diminuirá a ansiedade com o futuro. Prometi tentar e assim o farei.

Encontro um bando de mulheres no jardim, vestidas à caráter para a prática. Um tanto tímida, me aproximo, cumprimento e me apresento. Elas são receptivas e logo me sinto à vontade.

– Odeio yoga. – A loira alta e sensual me revela.

– Dizem que faz bem, que nos alinha com o dharma – respondo, meio cética.

– É, também ouvi falar a respeito. Enfim, mal não irá fazer.

– Esse é o pensamento.

O instrutor se aproxima a passos vagarosos, como se cada movimento fosse calculado e sentido na profundidade do ser. Como algumas pessoas conseguem chegar a esse ponto? Me parece um tanto tedioso, mas sei que o contrário é verdadeiro. Afe, precisarei de umas mil encarnações para atingir tamanha proeza.

Tomo assento sobre uma esteira cor de laranja e peço gentilmente que a mente se cale. Como ela é teimosa, acabo gritando silenciosamente e só então a massa cinzenta resolve colaborar.

A aula dura trinta minutos. Das doze mulheres presentes, apenas uma pratica a atividade com regularidade. Portanto, o instrutor pega leve e não é tão difícil assim respirar e me movimentar com lerdeza. Meu corpo responde com algumas dores localizadas e os músculos reclamam de leve. Tudo certo por enquanto, afinal, acabo de descobrir que tenho um corpo e que ele está sob o meu comando.

Ok, ele reluta, mas no final eu venço a batalha.

21

É HORA DO ALMOÇO E ENCONTRO COM A PATTY NA ENTRADA DO RESTAURANTE. O LOCAL É CHARMOSO, CONVIDATIVO E ULTRAZEN. ESTOU DOIDA PARA SABER COMO FOI A ENTREVISTA DELA E O CRONOGRAMA PERSONALIZADO PARA OS PRÓXIMOS DIAS.

– Adorei esse médico – ela afirma e me estende o itinerário.

– Poxa, ele pegou leve com você – digo, num muxoxo. – Caramba, você realmente é mais evoluída do que eu.

– Cale a boca, Clara.

– Vixi, essa sua resposta não foi nadinha evoluída – ironizo. – Ele perguntou qual a maior frustração da sua existência? – Ela faz que sim com a cabeça. – O que respondeu?

– Eu queria ser médica, você sabe. Mas optei pelo direito em homenagem ao meu velho.

– Putz, é verdade. – Chacoalho a cabeça em compreensão.

– Sendo assim, assistirei a aulas de nutrição para poder auxiliar a senhorita nos momentos de crise existencial.

– Ele sugeriu isso? – Arqueio as sobrancelhas, pasma.

– Foi ideia dele.

– O Thiago não existe – comento, boquiaberta.

– Ele existe. Mas agora estou morrendo de fome, depois falamos mais sobre o assunto médico bonitão do coração grande.

– Também achou isso? Um grande homem? – questiono, desesperada por ouvir um sim.

– Depois, gata. A primeira impressão nem sempre é verdadeira.

– Hahã.

O almoço não é tão horrível quanto havia pensado. Todos os pratos são vegetarianos, mas os sabores são incrivelmente deliciosos. Infelizmente, não temos direito a repeteco.

Quando chega a sobremesa, desato a rir. Patty inspira o musse com cor de chocolate como se fosse perfume francês. Faço o mesmo e a boca começa a salivar de imediato.

– Minha nossa, isso aqui é dos deuses. – Patty revira os olhos na segunda colherada.

– A nutricionista tinha razão, não sentiremos falta das barras de chocolate confiscadas. – Como vagarosamente, saboreando cada colherada como se eu pudesse ganhar mais tempo de vida fazendo isso.

– Clara, sinto que esses dez dias mudarão as nossas vidas – ela diz e então enfia a cara no pote para lamber o restante do musse.

– Você disse isso lá em Machu Picchu – retruco.

– Dessa vez é diferente.

– Tomara que sim.

22

JÁ É NOITE E ACABO DE SAIR DO RELAXAMENTO COM PEDRAS QUENTES, QUE ME DEIXOU MAIS MOLENGA QUE DE COSTUME. CAMINHO SEM PRESSA POR UM PASSEIO FLORIDO EM DIREÇÃO À ALA DOS QUARTOS, PENSANDO EM TUDO E EM NADA DE ÚTIL.

O brilho natural da noite ilumina uma área verde, um pouco distante de onde estou. Sem motivo aparente, faço um desvio e caminho até lá. O aroma de natureza invade meus pulmões e, por um breve instante, me sinto bem e acredito que o certo a fazer seja sentar sobre o gramado e deixar a mente divagar um pouco a respeito das bobagens de sempre.

A grama está fresca e me sinto relaxada. As dores nas costas sumiram por encanto e minha respiração é profunda, como há muito não acontecia. Reconexão, foi o que a massagista disse ser necessário. Os pensamentos vêm e vão e sou apenas uma observadora do fenômeno. Acho graça dos lixos que surgem à mente e deixo que passem, não me fixo em nada que não seja um estado de ser.

Uau, isso sim é evolução.

Só espero que dure até que a morte me leve daqui.

Ouço passos às minhas costas, mas estou tão de boa que não me esforço para girar o pescoço e xeretar. Alguém para ao meu lado e nem olho para cima, prefiro evitar a fadiga.

Com um pedido de licença, a presença humana toma assento, próxima o bastante para que eu sinta o seu calor. O aroma que emana é inconfundível, portanto, já sei de quem se trata.

– Estou fazendo o que disse, cultivando o silêncio e a observação – solto as palavras na brisa geladinha da noite.

– Isso é muito bom. Como foi o primeiro dia? – Thiago questiona e parece interessado no meu progresso.

– Bacana. Fiz yoga, meditação, natação e relaxamento com pedras quentes.

– Cansada?

– Silenciosa, eu diria – revelo e inspiro o ar profundamente.

– O silêncio é sempre a resposta.

– Sempre? – Finalmente resolvo girar o pescoço para encará-lo.

– É na quietude íntima do silêncio que você escuta a voz interior e sente a presença da divindade que habita em você.

– É adepto do namastê? – questiono, sem ironias.

– Sou adepto da verdade que reside dentro de mim.

– Você é um cara interessante... – Deixo o restante da frase no ar.

– Você também é – ele afirma, de forma serena. – Carregamos todo o universo dentro de nós. Quer coisa mais interessante do que isso?

– Nunca tinha pensado por esse ângulo.

– Pare de pensar. – Ele sorri.

– Ah, é. – Ficamos em silêncio por alguns instantes e resolvo perguntar: – Você me questionou com relação a mendigar o amor dos outros. Fiquei realmente intrigada com a pergunta e estou louca para ouvir o que tem a dizer sobre o assunto.

Thiago limpa a garganta e fita a grama por alguns instantes. Respira e pesa as próximas palavras. Une as mãos e entrelaça os dedos, como se a qualquer momento fosse começar a orar.

– A maioria dos seres humanos é carente de amor, Clara. Portanto, tornam-se mendigos e podem se ferir mortalmente caso cruzem com sádicos pelo caminho. Acredito que tenha conhecido alguns deles, estou certo?

– Infelizmente, sim. – Escondo o rosto entre as mãos, envergonhada. – Sou uma presa fácil, sabe? – Ele meneia a cabeça em compreensão. – Como saio desse círculo vicioso?

– Volte-se para dentro, reconecte-se com a sua essência. Como eu disse, somos um universo. Portanto, todo o amor que precisa está dentro de você, não fora. Não procure no outro o que deve encontrar em você primeiro.

– Tenho uma coleção de carmas do mal nessa vida. Será que isso acabou, paguei tudo o que devia? Posso encontrar o meu amor, e então também o de outra pessoa e ser feliz para sempre?

Ele segura o riso e percebo que faço do meu drama quase uma comédia. Nem me sinto mal por ser assim, afinal, essa sou eu e arranquei um sorriso do bonitão dos cabelos ensolarados.

– Qual a graça, Thiago?

– Clara, carmas não existem.

– Como não? Do que está falando?

– O que você está descrevendo se chama Roda de Samsara.

– Nunca ouvi falar desse troço – retruco, um tanto indignada por alguém confrontar minhas crenças nos carmas e dharmas da vida. Poxa, como continuarei com os meus mimimis se carmas não existem? A quem culparei?

– Roda de Samsara não é uma lei de Deus. O Criador não é impositivo, muito menos punitivo. Essa é uma lei criada por espíritos que querem nos aprisionar à dor e ao sofrimento na reencarnação. Eles se divertem e se alimentam disso. Para eles, o planeta Terra é uma prisão e eles são os carcereiros tiranos que adoram ver a tortura alheia.

– Mas não é só através do sofrimento que aprendemos as lições da vida? – Meu tom sobe alguns decibéis, afinal, estou perplexa.

– Acredita mesmo nisso? – Ele me encara, amorosamente. – Acha que seus pais desejariam que aprendesse pela dor? Por meio do sofrimento? Dos carmas?

Essas perguntas me tiram o chão. Giro o corpo e meus olhos se estreitam, buscando respostas satisfatórias. O semblante do Thiago permanece inalterado e ele aguarda minhas considerações:

– Não acho que meus pais queiram o meu sofrimento – finalmente balbucio. – A não ser que me odeiem e eu seja adotada.

Ele ri de forma espontânea e me pego segurando o riso. Thiago alisa os cabelos para trás e noto que inclina o corpo na minha direção. Já li um livro chamado *O Corpo Fala*, mas não me lembro dos pormenores sobre o assunto.

– Bom, você acaba de matar a charada – ele afirma. – Por que acha que Deus, em seu infinito amor, criaria a Lei do Carma?

– Mas ela existe. – Thiago faz que sim com a cabeça. – E por que ele, em sua infinita bondade, onipotência, onisciência e onipresença, não acaba com isso?

– Livre arbítrio, Clara. Para Deus, não existe bom ou mal. É só um estado de ser.

– Ah, cara, eu vou surtar em três, dois, um...

– Não surte, só assimile. Na hora certa você acabará chegando a uma conclusão sobre esse assunto.

– Thiago, por acaso você é espírita?

– Não tenho religião – ele revela, sem qualquer alteração na voz. – Sigo sempre o meu coração, essa é a verdadeira religião.

Como sempre acontece quando penso em assuntos conflitantes, acabo bufando. Thiago aguarda em silêncio que esse meu recolhimento traga alguma luz para o nosso diálogo. Uma centelha iluminada chega através da minha pergunta:

– Se o carma é uma farsa e se chama Roda de Samsara e esse negócio não é uma lei de Deus, como escapar dessa porcaria?

– Excelente pergunta. – Ele sorri, orgulhoso. – Você precisa acreditar cem por cento que a Lei do Carma ou Roda de Samsara não existe, que isso é um estratagema de seres que não querem a nossa evolução por meio do amor. Em conexão com o poder divino que vive em você, peça que todos os laços cármicos e contratos assinados em outras vidas ou no astral sejam cortados. Você tem esse poder porque você é Deus.

Arregalo os olhos, um tanto indignada pela última frase proferida. Como assim eu sou Deus? Ok, a Patty vive dizendo que somos Deus em ação, mas nunca levei isso muito a sério. Como poderia?

– Esse poder é assustador, não é? – ele indaga, seriamente.

– Acredita nisso? – Devolvo a pergunta.

– É a minha verdade e a de muitos seres humanos despertos das ilusões de Maya.

– Já ouvi falar de Maya. É o véu do esquecimento, não é? Tipo, uma matrix?

– Praticamente isso.

– Eu preciso de um tempo para digerir essa nossa conversa. E estou com fome, portanto, minha mente deu tilt.

Ele sorri lindamente diante do meu drama faminto. Ergue-se e me estende a mão. Levanto do chão duro e limpo a grama grudada na bunda quadrada e dolorida. Sei que deveria dizer algo inteligente, mas com certeza fracassarei na tentativa. Nesse caso, sou sucinta:

– Obrigada pela conversa, Thiago.

– Prevejo que teremos outros papos filosóficos como esse durante a sua estada – ele afirma, enfiando as mãos nos bolsos da calça branca e agora suja de terra e grama.

– Que bom, será bem legal.

23

– NÃO ESTOU SACANDO NADA.
O QUE É A RODA DE SAMSARA?
NA SUÍTE, ENQUANTO CAMINHO PARA CÁ E PARA LÁ,
PATTY ESTÁ ESTICADA NA CAMA, COM OS BRAÇOS
CRUZADOS ATRÁS DA CABEÇA, AGUARDANDO A
RESPOSTA. A MENTE TRABALHA NA MÁXIMA CAPACIDADE
PARA FORMULAR ALGO DIGNO DE ENTENDIMENTO.

– Bom, pelo que entendi, a Lei do Carma não é de Deus. – Faço uma busca no Pai Google de Oxalá pelo celular. – Escuta essa, Patty: "A Roda de Samsara é o maior engodo de todos os tempos. É uma lei inventada por seres de quarta dimensão e perpetuada através da roda das encarnações. Não é uma lei de Deus, portanto, todos os contratos com esses e outros seres, podem e devem ser revogados a qualquer momento. Peça e será atendido."

– Caraca, tô chocada. – Ela se senta na cama e continuo:

– "Alguns seres humanos fecham acordos de submissão com essas entidades e, em troca, recebem favores no planeta Terra.

Nada de ruim lhes acontece, vivem uma vida plena de prazeres e satisfações mundanas. Nesses casos, a Roda de Samsara ou Lei do Carma não as afeta em nenhum nível."

– Bom, já sei que não assinamos um contrato de submissão desse tipo. – Patty suspira aliviada e eu também.

Dou continuidade na leitura:

– "A lei de Deus é a Lei de Causa e Efeito, válida apenas para a vida atual. Você colhe aquilo que planta e não há necessidade de pagar nenhum carma de vidas passadas. Deus é perdão, é amor, compaixão e misericórdia. A Roda de Samsara é injusta em todos os níveis."

– Gata, temos que estudar mais a fundo esse assunto.

– Não é? Estou meio pasma ainda – concordo.

– Por sorte eu trouxe o computador. – Patty remexe em uma mochila e tira de lá o seu possante. – Mas antes, vamos comer.

– Será que teremos a mesma sobremesa do almoço? – Minha boca saliva só de lembrar.

– De acordo com a Lei do Carma da qual somos prisioneiras, eu acho que não.

– Ah, que droga!

24

APÓS UM JANTAR MAGNÍFICO E UMA SOBREMESA REPLETA DE MORANGOS, PATTY E EU CAMINHAMOS APRESSADAS DE VOLTA AO QUARTO. A MULHERADA JOGARÁ CARTAS NA SALA DE JOGOS, MAS ESTAMOS MAIS INTERESSADAS NESSA COISA DE RODA DE SAMSARA E COMO ESCAPAR DESSE CARMA ENCAPETADO.

A Patty faz uma pesquisa no Google e descobrimos vídeos muito interessantes no YouTube, textos explicativos em vários blogs e uma limpeza dos carmas do Arcanjo Miguel.

– Deixe ver se entendi. –Patty respira e medita um pouco. – Se estamos vivendo a Roda de Samsara é porque não despertamos a consciência para a verdadeira lei de Deus, que é a Lei de Causa e Efeito válida apenas para a vida em curso, correto?

– Acho que é isso – respondo, incerta.

– Hm. – Ela lê o conteúdo da limpeza dos carmas do Arcanjo Miguel e me faz um resumo. – Gata, essa limpeza precisa ser feita por vinte e um dias consecutivos. Revoga contratos com seres mal-intencionados, retira energias intrusas, restaura a aura, devolve seu poder original e mais umas coisinhas que não compreendo. Devemos fazer isso. Tem um vídeo no YouTube para nos guiar.

– Legal. Mais alguma informação que a gente deva saber?

– Tem um texto aqui que fala sobre a criação da realidade. – Ela passa os olhos rapidamente pela tela e explana: – Você cria a realidade na qual você acredita. Se acreditar que merece amor e felicidade e estiver vivendo de acordo com a Lei de Causa e Efeito, alinhará seu dharma para viver amor e felicidade em sua vida. Deus vive através de você e, se estiver ressonante, poderá criar o paraíso na Terra mesmo com toda a tragédia em volta.

– Então podemos chutar os carmas numa boa, é isso? Basta acreditar e ser do bem? – pergunto, animada.

– É isso aí. De acordo com esses textos, Deus não é um cobrador punitivo, e sim, um Pai zeloso e um excelente professor. Bater na palma da mão quando a gente não aprende uma lição não é coisa de bom mestre, concorda?

– Não preciso mais apanhar, nem me torturar, nem pagar trezentas prestações com juros, nem ficar triste porque cometi erros... – Encaro a Patty com certo entusiasmo. – A vida pode ser feliz, afinal.

– É claro que sim, basta acreditar.

25

Após ouvirmos a limpeza de vinte e um dias do Arcanjo Miguel no YouTube, Patty e eu ficamos num silêncio absoluto, absorvendo a narração e mentalizando a tal limpeza dos carmas em total funcionamento.

Imagino contratos cármicos sendo rasgados e conexões invisíveis com homens babacas sofrendo um curto-circuito. Visualizo a Roda de Samsara explodindo e a minha figura livre das algemas e de qualquer outro instrumento de aprisionamento.

Passados alguns minutos, rompo a barreira do silêncio instalado:

– Como Deus pode permitir uma barbaridade dessas? – Giro na cama para fitar Patty. – Essa Roda de Samsara é do mal.

– Ele permite tudo porque não pode julgar o bem e o mal.

– Como não? – Arregalo os olhos, perplexa. – O Thiago falou algo parecido com isso.

– Se Deus julgar qualquer coisa, estará julgando a si mesmo. Não faz sentido.

– O que você está dizendo é que não faz sentido – rebato, confusa.

– Deus é tudo, correto?

– É, acredito nisso – afirmo, sem saber ao certo aonde Patty quer chegar.

– Então ele é o bem e o mal, o certo e o errado, a vítima e o algoz, o criminoso e o santo, a prostituta e a mulher virtuosa. Ele é tudo o que existe, gata. Lembra do "todos somos um?"

– Olha, esse é o tipo de discussão que pode enlouquecer uma pessoa como eu. – Penso por alguns instantes. – Patty, sinto que estamos caminhando para a iluminação.

– Já não era sem tempo. – Ela fecha o computador e seu semblante muda. – Gata, esqueci de contar, descobri uma rede de contrabando de chocolates.

– Como é? Mas esse spa acabou de inaugurar!

– Pois é. Depois da aula de zumba, fui abordada pela faxineira da manhã. Ela tem um esquema.

– Deveria ter guardado essa informação para você. Não acredito que tenha me contado! – Minha mente fica entorpecida e é tomada pela visão de diversas barras de chocolate altamente calóricas. – Certo, qual é o esquema?

– Por cem reais, ela deixará aqui no quarto duas barras de chocolate todos os dias, até o final da nossa estada. Achei o valor justo.

– Patty, fala sério! – Começo a rir. – Mas, e a desintoxicação? Desse jeito, ficaremos presas à Roda de Samsara.

– Chocolates são inofensivos, qual é. Está dentro?

– Ah, que merda. Estou dentro, pode montar o esquema.

26

O DIA COMEÇOU COM UM SOL TÍMIDO, CERCADO POR NUVENS QUE PROMETEM CHUVA MAIS TARDE. VISTO MINHA ARMADURA DE GUERRA, QUE SE RESUME A UMA BERMUDA CICLISTA, TOP QUE TURBINA OS PEITOS E UMA CAMISETA CHEIA DE FURINHOS PARA A PELE RESPIRAR. CALÇO O PAR DE TÊNIS E PRENDO OS CABELOS NO ALTO, BAGUNÇANDO A FRANJA A SEGUIR.

– Qual a sua primeira atividade? –Patty questiona, escovando os dentes.

– Um bagulho holístico – revelo, encarando o espelho.

– Hein? O que seria um bagulho holístico?

– Descobrirei após o café da manhã.

Um tanto sonolenta, caminho até o restaurante com a Patty fuçando o celular. Ela troca mensagens com o Davi e vejo carinhas apaixonadas sendo enviadas e recebidas. Ah, o começo de um relacionamento é muito lindo, uma pena que em oitenta por cento dos casos acabe de forma trágica e, às vezes, traiçoeira.

Deixo o assunto de lado em frente à mesa de café. Cumprimento a mulherada conforme passo e me junto a Patty em um local mais distante da muvuca, ao lado de um janelão com vista para a piscina.

Com o estômago forrado de frutas, iogurte e um pãozinho integral, me despeço da Patty e vou de encontro à sala destinada ao tratamento holístico. O local cheira a incenso, e a luz predominante é azul.

Noto alguns equipamentos que me parecem instrumentos de tortura. Deleto o fato da mente e me pego apreciando as paredes, onde vejo imagens de seres celestiais, reconhecendo alguns: Mestre Nada, Arcanjo Miguel e Saint Germain.

Uma voz surge às minhas costas e revela que essa é a Grande Fraternidade Branca. Já ouvi falar sobre os mestres ascensionados e giro nos calcanhares para encarar os olhos do meu interlocutor. Thiago, lógico.

– Pensei que fosse só um médico endocrinologista – aponto.

– Não sou só isso. – Ele sorri. – Fiz residência em psiquiatria também, mas não por muito tempo ou acabaria enlouquecendo. – Dá de ombros e continua. – Tropecei por acaso em cursos holísticos e aquilo sim estava em alinhamento com o meu dharma.

– Cara, você fala umas coisas um tanto fora da realidade.

– Talvez eu esteja vivendo a realidade e você não. Já pensou nessa possibilidade?

– Discutir com você e com a Patty é impossível – resmungo. – Agora me conte, o que faremos aqui?

– São exercícios que levarão você para o corpo e sua mente ficará fora do ar durante o processo.

– Tipo um soco? – Eu arqueio as sobrancelhas e ajeito o rabo de cavalo.

– Nada tão dramático.

– Que bom. – Uno as mãos em sinal de agradecimento.

O médico caminha pela sala enquanto dialogamos. Mexe em alguns equipamentos, troca coisas de lugar e meus olhos não conseguem se desgrudar da sua bunda embalada por uma calça branca dessas que causam altas fantasias.

O som da sua voz é do tipo hipnótico, com uma leve rouquidão máscula. Seus movimentos são seguros e os olhos esverdeados parecem estar sempre sorrindo, tão brilhantes que chegam a refletir a imagem do interlocutor.

– Recebi os resultados dos seus exames de sangue e também as medições feitas pela Lúcia, nossa nutricionista. Não há nada de errado até o momento, só cinco quilos a mais. Portanto, quero que se concentre nas práticas meditativas e espiritualistas. Ah, e esqueça as barras de chocolate, o contrabando foi detido hoje mais cedo.

Ah, que merda! Como assim nossa rede de tráfico foi descoberta? Poxa, eu já estava sentindo o sabor do chocolate derretendo lindamente sobre a língua. Que droga, que mico, que vacilo.

– Não sei nada sobre isso. – Desvio os olhos de sua bunda e resolvo que negarei até a morte meu envolvimento com o tráfico de hidrogenados do mal.

– Claro que não. – Ele até tenta disfarçar o sorriso em seu rosto, mas não consegue.

– Está bem, eu confesso. Me desculpe. – Jogo a toalha, odeio mentir descaradamente.

– Sem problemas. Mas não posso negar que foi, no mínimo, muito engraçado. – Thiago ri sem disfarçar dessa vez.

– Imagino que sim. – Sinto-me levemente constrangida. – Podemos partir para a tortura? Quer dizer, para a prática?

– Sempre que pedir, será atendida.

27

ESSE TRATAMENTO HOLÍSTICO NÃO É TÃO TORTURANTE ASSIM. MINHA MENTE SAI DE ÓRBITA E MAL CONSIGO FORMULAR UM PENSAMENTO. TOMO CONSCIÊNCIA DO MEU CORPO E, SEM AVISO, COMEÇO A CHORAR COMO UMA CRIANCINHA. OK, ISSO É TORTURA SIM E DE NÍVEL HARDCORE SUPER ULTRA MEGA BLASTER.

– Chore tudo. – Thiago pede, bastante solícito. – Deixe sair, fará muito bem.

– Não sei por que estou chorando. – A voz sai engasgada.

– Saberá o motivo daqui a pouco, quando a psicóloga assumir. Não racionalize nada, só estamos reconectando. Me diga, de onde vem o choro?

– Dos olhos. – Satirizo, entre soluços.

Ele ri e leva as mãos aos meus ombros caídos. Do nada, sem aviso mesmo, alisa o meu rosto com os dedos macios e quentes. Sinto-me estremecer e espero que ele não tenha percebido a reação corporal.

– Sério, de onde está vindo o choro? – refaz a pergunta.

– Do estômago – revelo.

– Isso é raiva acumulada. Também tem a ver com a sua criança interior. Você e a psicóloga irão descobrir.

– Não vim aqui pra isso – digo, sentindo a raiva crescer. – Estou vulnerável na sua frente e não estou confortável com o fato.

– Eu quero e posso ajudar você. – De repente, ele fica sério e assume uma postura médica.

– Não foi para isso que me internei nesse spa. – Seco as lágrimas com as costas das mãos.

– Vai me contar o motivo, finalmente?

Ah, caramba, de novo a pergunta impertinente. Como posso dizer a ele que o motivo da internação é um possível dharma que martela na minha cabeça desde o nosso encontro no supermercado? Não dá, não posso falar ou serei internada num manicômio para mulheres com mais de trinta anos à beira de um ataque de solidão. Sendo assim, resolvo dizer os motivos secundários:

– Eu só queria fugir da minha vida entediante. Da solidão. Essas coisas idiotas. – Recomponho-me.

– Algo mais que eu deva saber? – ele questiona, exercendo certa pressão. Parece até que pode ler a minha mente, como a Patty costuma fazer.

– O que mais poderia ser? – retruco, desviando o olhar.

– Só estou sondando, não se sinta pressionada.

– Que droga, Thiago. – Tomo distância dele. – Eu achei que me internaria por dez dias, desintoxicaria das porcarias, emagreceria uns quilos e nada mais.

– Se é isso o que quer, posso providenciar que seja assim – ele afirma, mas noto um desapontamento no seu olhar. – Não forçarei a barra se não estiver pronta, Clara.

– Você está indo muito fundo comigo, Thiago. Não vou dar conta.

– Eu entendo. – Ele alisa os cabelos para trás e suspira bem forte. – Podemos parar por aqui, se desejar.

Sinto-me covarde e a sensação é horrorosa. Ele está oferecendo ajuda, um caminho inusitado para a cura emocional das carências afetivas. Não posso simplesmente desistir sem tentar.

– Me dê um tempo para pensar – peço, cabisbaixa.

– Sem problemas. Mas não pode escapar da sessão com a psicóloga hoje, seu corpo reagiu ao procedimento holístico. Se não compreender o que houve aqui, começará a somatizar e isso sim seria bem ruim.

– Entendi, não fugirei. – Fungo e ajeito a camiseta. – Eu posso ir agora?

– O consultório da doutora Carmem é no final do corredor. – Ele aponta e franze os lábios.

– Obrigada.

28

A DOUTORA CARMEM É UMA PSICÓLOGA BAIXINHA, CURVILÍNEA E DEVE ESTAR NA CASA DOS SESSENTA ANOS. AJEITA OS ÓCULOS SOBRE O NARIZ PONTUDO E ME QUESTIONA SOBRE OS SENTIMENTOS E EMOÇÕES QUE SURGIRAM NA SESSÃO HOLÍSTICA.

Conto sobre o choro compulsivo que veio do estômago. Ela faz umas perguntas sobre a minha infância e descobrimos que não me senti amada e vista como deveria, pois meus pais trabalhavam demais. Minha carência afetiva surgiu nesse ponto da linha existencial e persiste na vida adulta.

– Está dizendo que eu trouxe coisas mal resolvidas da infância para o mundo adulto? – indago, pasma.

– Isso acontece com noventa e nove por cento da população e a maioria das pessoas morre sem se dar conta de que essa questão está em aberto – ela revela, com a voz mansa. – O caminho a seguir é o do perdão e da gratidão, por absolutamente tudo.

– Simples assim? – Ergo as sobrancelhas, em choque.

– Acha que é simples perdoar e ser grata até pelas mazelas? Se fosse fácil, viveríamos num planeta paradisíaco, com pessoas altamente espiritualizadas. Não se engane. Perdoar e agradecer são atos divinos e só quem está totalmente conectado consegue tamanha grandeza moral.

– Se eu fizer isso de coração, estarei curada das feridas emocionais? Das carências? Da falta de confiança?

– Estará no caminho certo – ela conclui.

A sessão termina após duas horas de interrogatório e me sinto esgotada. Apesar do cansaço, há um sentimento bom se formando na altura do peito. A palavra conexão não para de ser repetida pela cabeça e o coração reage, saltitando.

Interessante.

Está na hora do almoço e não sinto fome. Ainda assim, não posso pular refeições, afinal, a rede de tráfico de chocolates entorpecentes não está operante. Que coisa mais chata.

Patty me aguarda na porta de entrada do restaurante. O aroma é dos melhores e meu estômago resolve reclamar por algo comestível. Eu sabia que essa falta de fome era falsa.

– Como foi, gata?

– Torturante. – Entorto os lábios.

– Ruim desse jeito?

– Bastante. Fiquei sem escudos protetores e muito exposta.

– Entendo. – Ela parece ponderar. – Quer falar sobre isso?

– Agora não, quero comer. – Resolvo mudar de assunto: – Falou com o Davi?

– Ele queria vir neste final de semana, mas não há quartos disponíveis.

– Eu posso dormir em outro lugar, Patty. – Cedo o meu espaço. – Sério mesmo.

– O spa está na máxima ocupação, a não ser que durma na cozinha. – Ela ri. – Ele virá, passará o dia e voltará para casa. Sem problemas, não morrerei por falta de sexo.

– Coloque uma toalha na porta quando ele estiver por aqui.

– Hm, ótima ideia. – Ela começa a conjecturar. – Ei, você precisa fazer aulas de boxe, é o máximo.

– Deu uns socos? – indago, curiosa.

– Vários, adorei.

– Ótimo, assim você para de me bater.

– Não vai se livrar dos meus socos atômicos tão facilmente.

– Eu tinha esperanças. Afe.

29

ESTOU NA MEDITAÇÃO E ESSE TROÇO É SURREAL.
TEM UM MANTRA EM ANDAMENTO E,
APESAR DA APARENTE CALMARIA, MINHA MENTE ESTÁ
LUTANDO PARA PERMANECER NO CONTROLE.
ESTÁ ROLANDO UMA GUERRA NUCLEAR DENTRO
DE MIM E O FATO EM SI CHEGA A SER ENGRAÇADO.

Penso no que ainda falta comprar para o meu apartamento ficar bacana; reflito sobre as últimas conversas profundas com a Patty; me lembro de que esqueci de desligar o gás; imagens debochadas do Rogério também entram no turbilhão, e assim, descubro que realmente não sei calar a mente.

Meia hora depois, meu pescoço dói e a cabeça parece pesar toneladas. As mãos estão formigando e nem sinto os pés. Credo, isso só me mostra que estou completamente desalinhada.

Bufando, para variar, caminho certeira para o local que escolhi como meu reduto particular dentro desse spa. Sento na grama e fico de boa, observando a natureza ao redor.

Uma borboleta azulada pousa sobre a minha perna e me arranca um breve sorriso. Satisfeita, bate as asas e voa em direção a uma flor amarela mais à frente. Dá uma xeretada e alça voo novamente.

Ouço passos pisando na grama. Acho que sei de quem se trata, mas não farei conjecturas. Espero a aproximação, algo que acontece lentamente. Ergo a cabeça e fixo o olhar no horizonte que nada mais é do que a ala dos quartos.

– Como foi o dia? – Thiago questiona e senta ao meu lado.

– Ainda não terminou. Tenho hidroginástica daqui a pouco – digo, nada empolgada com o fato.

– Está se sentindo melhor?

– Não sei dizer. Mas não irei desistir, se é o que quer saber.

– É muita coragem da sua parte.

– O que farei após sair do spa? Algo me diz que você tem um plano para mim – pressiono.

– Gostaria que continuasse o tratamento quando sair. Indicarei alguns profissionais nos quais confio.

– Estou tão mal assim? – pergunto, tímida.

– Ficará ótima, é o que você precisa saber.

– Está fazendo isso com todas as suas pacientes? Que eu saiba, a Patty não está passando nem por você, nem pela psicóloga.

– A Patty está bem resolvida, Clara. Mas, se fizer você se sentir melhor, saiba que não é a única vivenciando o tratamento de choque.

– É, me sinto melhor sabendo disso. – Relaxo. – Obrigada por informar.

30

Após a aula de hidroginástica, encontro com a Patty no quarto. Nossas atividades são diferentes, portanto, ficamos longe uma da outra na maior parte do tempo. Isso está me deprimindo e cheirando a conspiração da grossa. Poxa, não se pode separar irmãs por tanto tempo.

– Fiz a primeira aula de nutrição hoje. Adorei, gata.

– Vai me ensinar a comer direito, mamãe?

– Ah, com certeza.

Sento sobre o colchão e alongo os braços acima da cabeça. Não estou numa vibe muito boa e Patty percebe minha vibração. Ela para de falar sobre as maravilhas de se comer uma maçã por dia e me fita, demoradamente.

– Certo, desembucha. – Ela toma assento numa poltrona e abre uma garrafa d'água.

– Não tenho nada a dizer.

– Gata, te conheço melhor do que você mesma. O que está pegando? Não me esconda nada, descobri que tenho um soco de direita poderoso.

Diante da ameaça, resolvo falar:

– O Thiago é um dharma sim, mas não como eu suspeitava. – Solto um suspiro barulhento. – É como um guru, sabe? Um cara que mostrará o caminho da luz, só isso.

– Hm, entendi. – Ela tomba a cabeça de lado e me analisa. – O universo trouxe você aqui apenas por motivos médicos-psicológicos-emocionais-espirituais... é isso?

– É isso sim.

– E está decepcionada. – A afirmativa dela dói e não sei o motivo.

– Não sei que tipo de ilusão eu criei em relação ao Thiago. Eu estava redondamente equivocada. Cara, nunca vou aprender a parar de fantasiar coisas que não existem?

– Você estava certa com relação ao dharma, Clara.

– Bom, ponto para mim – digo.

– Você não está pronta para um relacionamento agora. O que acha dessa afirmação? Concorda comigo?

– Concordo, acho que estragaria tudo.

– Então pronto. Pare de besteira, levante essa cabeça e continue a caminhar guiada por um guru muito do bonitão e gente boa. Pelo menos, acho que ganhará um amigo.

– Pelo menos isso. Amém.

31

TEREMOS LUAU ESTA NOITE. NÃO SEI QUAL A GRAÇA EM UMA NOITADA CHEIA DE MULHERES À BEIRA DE UM ATAQUE DE COMPULSÃO ALIMENTAR. OS ÚNICOS HOMENS POR AQUI SÃO O INSTRUTOR DE YOGA, O DE PILATES, O CARINHA DO BOXE E O THIAGO.

Bem, o Thiago vale por uns dez caras e a mulherada baba e suspira quando ele passa. Tem uma ruiva que se abana loucamente toda a vez que sai do consultório dele. Pois é, o médico bonitão dos cabelos ensolarados causa esse efeito calorento.

Não trouxe roupas de balada, portanto, escolho um vestido floral e uma rasteira. A maquiagem também é básica, só máscara negra e um batom cor de boca. Como tomei um pouco de sol, as bochechas estão naturalmente rosadas.

– Olha, estou realmente precisando dançar – Patty diz.

– Dançar exorciza os demônios. – Ajeito os cabelos e coloco o par de brincos. – Já notou que o Thiago está sempre por aqui? Será que não tem vida particular?

– O Davi contou que ele está sozinho faz um tempo e não acrescentou mais nada. Resolvi não investigar mais a fundo para não dar na cara o seu interesse.

– Não estou interessada. – Ela me encara como se estivesse armada com um fuzil. Diante desse olhar matador, complemento: – Ele é só um guru da iluminação, lembra?

– Um guru com uma bunda enlouquecedora. – Ela provoca.

– Pare com isso.

– Eu tenho olhos para enxergar, uai.

Prontas, caminhamos sem pressa até o local improvisado para a noite. O luau foi montado com tochas e uma mesa com comidinhas naturebas para satisfazer as esfomeadas de plantão.

A música não é techno, nem rock, nem axé, muito menos sertanejo universitário. É um som diferente, natural, meio hippie. Dá vontade de fechar os olhos e dançar no ritmo das batidas e sinos e outros instrumentos musicais que não identifico.

– Ouvi um som parecido com esse em um retiro espiritual – Patty revela. – Desperta o sagrado feminino em nós ou algo assim. Clara, estou curtindo horrores esse spa.

– É bem diferente do convencional – aponto.

– Seu dharma está bem ali.

Sigo o dedo indicador da Patty e vejo um cara vestido com uma bermuda branca com bolsos nas laterais, camisa jeans com algumas casas abertas, chinelos e cabelos ensolarados esvoaçando na brisa da noite. Essa visão causa efeitos alarmantes.

Thiago está cercado por algumas mulheres que tentam chamar a sua atenção a todo custo. Mexem nos cabelos, levam as mãos aos quadris, abrem sorrisos ensaiados e parecem sempre buscar uma maneira de tocá-lo. Ele se mantém sorridente, falante e com sua aura luminosa faiscando ao máximo da capacidade.

– Tem pessoas que brilham e o Thiago, definitivamente, é uma dessas figuras – Patty comenta, quase num sussurro.

– Ele tem uma luz difícil de explicar – concordo.

– Interessante... – Ela deixa o comentário no ar.

– O que é interessante? – Encaro-a, curiosa.

– Você tem essa mesma luminosidade, principalmente quando sorri. É como se seu corpo inteiro vibrasse luz.

– Aonde quer chegar? – indago, séria.

– É só uma observação, relaxe.

Nadinha relaxada, caminho ao lado da Patty até as redes armadas entre as árvores. Jogo-me em uma e minha amiga se refestela em outra. O céu está escuro, sem estrelas, nem lua. Viver em São Paulo, nesse ponto, é muito antinatural.

– Sentirei saudades daqui – minha amiga começa.

– Sei não, meu tratamento de choque é de arrepiar.

– Você ficará bem depois disso.

O som está rolando, as tochas estão queimando, finjo ter visto uma estrela além da poluição, as risadas e o falatório ecoam pelo jardim, a brisa sopra em uma temperatura agradável, minha mente conflitante calou a boca, meus sentimentos estão sob controle... aparentemente, está tudo certo.

Mas então, para meu pânico total, eis que vejo uma figura que pressupus jamais reencontrar nessa vida. A Patty dá um salto mortal da rede e se coloca à minha frente, prestes a incorporar seu lado ninja. É ela quem pergunta o que está engasgado na minha garganta:

– O que está fazendo aqui, Rafael?

32

ESTOU PETRIFICADA E GOSTARIA MUITO QUE UMA NAVE EXTRATERRESTRE APARECESSE AGORA E ME TIRASSE DAQUI. OU, TALVEZ, QUE ABDUZISSE ESSE IMBECIL SORRIDENTE E O LEVASSE PARA UMA SESSÃO DE TORTURA DESSAS QUE DEIXAM TRAUMAS PARA A VIDA TODA.

– Pensei que estivesse curtindo uma depressão – Patty se adianta e zomba.

– Não sou desses – Rafael rebate, com certo sarcasmo.

– Claro que não, é um egoísta filho da puta – ela retruca, levando as mãos aos quadris. Sempre que faz isso, é sinal de que está se armando para a briga.

– Patty, gatinha, só vim conhecer o spa do meu amigo Thiago. E soube que hoje era dia de festa, portanto, um momento bem propício, não acha? – O semblante dele é de puro deboche. – Bom, também fiquei sabendo que você e a Clara estavam por aqui e, como um cara bem-educado, vim dizer um olá.

Que vontade de xingar, socar, cuspir, mandar matar! Uma ira do além vai subindo pelo meu estômago e me forço a ficar calada, afinal, para idiotas como esse, só o total silêncio e a indiferença são necessários.

– Dê o fora daqui, Rafael. – Patty avança um passo para cima dele. – Tem um bando de mulheres para você azarar, vá até lá. – Ela aponta para uma roda feminina mais adiante.

– Poxa, pensei em tirar a Clara para dançar nesta noite tão agradável... – Cara, o sorriso desse imbecil está mexendo com o meu lado justiceiro. Não posso entrar nessa energia, preciso me segurar.

Como um cavaleiro salvador de princesas em apuros, Thiago surge iluminado pelas chamas de uma tocha posicionada ao nosso lado. Percebe o clima tenso e puxa Rafael pelo braço, tirando-o do meu campo de visão. Patty permanece em guarda, pronta para o pau se for necessário.

– Não ouse se levantar dessa rede, Clara.

– Patty, eu sei me defender – rebato, mas não me movo.

– Sei que sim, mas não precisa gastar energia com um retardado narcisista desses. Estou acostumada com esse tipo de gente, não sou advogada por acaso.

– O Thiago sabe o que rolou no cruzeiro? – eu questiono, desconfortável com a situação.

– O Davi não falou nada, pelo que eu saiba. Mas esse imbecil do Rafael, ah, tenho certeza de que contou vantagem. Desgraçado! – ela diz, serrando os dentes. – Nossa, que desejo assassino!

– Controle-se, Patty. Esse cara não vale a pena.

33

NÃO SEI DIZER COMO ME SINTO. IRADA, DESCONFIADA, DESESTRUTURADA, IRRITADA E TUDO DE RUIM QUE SE POSSA IMAGINAR. AINDA ASSIM, SURGE UMA CALMA DO ÍNTIMO DA ALMA QUE IRRADIA LUZ PARA ESSES SENTIMENTOS NEGATIVOS, ME MANTENDO NO CONTROLE DA SITUAÇÃO.

Alguém lá em cima realmente gosta muito da minha pessoa. Valeu mesmo. Depois do que pareceu ser um papo sério com o Thiago, o babaca do Rafael resolveu então seguir o conselho da Patty e tirou uma morena para dançar. Ah, coitada, não faz ideia de com quem está se metendo.

O médico bonitão se aproxima e minha amiga sai de fininho, sem que eu perceba o estratagema. Ah, o timing da Patty é perfeito.

– Ele disse alguma besteira? Eu deveria ter perdido a compostura? – Thiago questiona, estendendo a mão na minha direção. Aceito a ajuda e me levanto da rede, não sem antes me desequilibrar e afundar a cabeça naquele pescoço. Oh, homem cheiroso!

– Então sabe o que rolou naquela viagem. – Me aprumo, sentindo uma leve vertigem.

– O Rafael é um cara arrogante, adora se gabar.

– Que merda – murmuro. – Desde quando você sabe?

– Desde que a Mariana rompeu o relacionamento. Mas eu não sabia que o pivô em questão era você.

– Você sabe só o lado dele – defendo-me.

– O Davi acabou me contando o seu lado da história na festa de inauguração. – Fico feliz por ter sido o Davi a elucidar a merda toda. – Clara, mesmo se eu não soubesse os dois lados, não cairia nas mentiras do Rafael. Ele é um sádico e nada confiável.

– Então por que são amigos?

– Não diria que somos amigos. Nos conhecemos há muito tempo, mas não concordo com as atitudes dele. Na verdade, da turma toda, só o Davi consegue engolir as infantilidades dele.

– Ele veio aqui porque sabia que iria me encontrar?

– Pelo visto, foi isso sim. O Davi deve ter deixado escapar sem querer. Às vezes, meu amigo é muito ingênuo. Fico feliz que ele tenha encontrado alguém como a Patrícia, ela é durona.

Deixo um sorriso escapar, realmente a Patty é dura na queda, apesar do grande coração. É generosa, mas longe de ser ingênua. Fico realmente feliz que o Thiago pense assim.

– Aquela entrevista inicial foi guiada então... Você já sabia o que perguntar. – Observo, constrangida.

– Sim e não. – Thiago pesa as próximas palavras: – Para você ter caído na lábia de um cara como o Rafael, o seu amor-próprio estava abalado. Realmente isso me ajudou a conduzir a entrevista, mas não foi necessariamente premeditada. Confia em mim?

– Você parece não gostar do Rafael, ou seja, confio em você de olhos vendados. Aliás, eu já ia com a sua cara, agora, sou sua fã.

34

PATTY ESTÁ DANÇANDO COM A MULHERADA EM TORNO DE UMA FOGUEIRA QUE ACABA DE SER ACESA. O FOGO RASGA O AR E UM AROMA DIFERENTE SE DESPRENDE DAQUELE LOCAL. INSPIRO E BUSCO IDENTIFICAR A FRAGRÂNCIA.

– Mirra. – Thiago lê a minha mente. – Espalhamos sobre a lenha. Aromaterapia natural.

– Parece incenso, é quase entorpecente – digo, me sentindo levemente anestesiada.

Cerro as pálpebras e inspiro profundamente a tal da mirra. É uma fragrância que acalenta o coração. Apesar da presença irritante do Rafael, não permito que a minha autoconfiança fique abalada.

– As meninas estão no meu pé para dançar, mas acho digno que eu escolha a minha primeira parceira de dança. – Thiago deixa uma dúvida implícita nesta frase. Como não faz a pergunta, resolvo dar uma mãozinha:

– Está me escolhendo, doutor?

O médico estende a mão e nem penso em discutir o assunto. Mesmo tímida perante o gesto, minha mão se sobrepõe a dele, num encontro que acende um fogo interno muito doido. Atenta para não transparecer mais do que o necessário, abro um sorriso singelo e, com um aceno de cabeça, aviso que estou pronta.

A música é suave, assim como o toque das mãos em torno da minha cintura. Não dá para dançar coladinho como nos bailes da terceira idade, portanto, mantemos certa distância um do outro. Ah, que pena.

– Liberte-se. – Ele se aproxima do meu ouvido e murmura.

– Essa é a intenção aqui, não é?

– Feche os olhos, sinta a música e deixe seu corpo se expressar. Você conduz o ritmo. Sou somente um mero parceiro e observador.

O calor do fogo atiça algo em meu peito. As mãos na minha cintura dançam conforme o balanço dos quadris. Fecho os olhos e, na escuridão, ouço com clareza o som da minha respiração. É profunda, longa, relaxante.

– Está indo muito bem. – Ele se aproxima novamente e, dessa vez, permanece próximo demais.

Agora ouço sua respiração também. Suas mãos deslizam pelas minhas costas sem aviso. Sinto o seu aroma e, quando nossos corpos se tocam, percebo também as batidas do coração. São rápidas, fortes, ritmadas.

– Não faz ideia de onde está se metendo, doutor – digo, em tom de brincadeira.

– Sei bem onde estou me metendo, Clara.

Oh, céus. O que ele quis dizer?

Sem pensar nos olhares inquisidores, deito a cabeça sobre o peito dele e, imediatamente, me sinto abraçada, segura, aquecida. Não é um mero abraço, é algo além que não consigo identificar.

Seus lábios tocam o meu pescoço e sinto suas mãos subindo pelas minhas costas, arrepiando tudo por onde passam. Paro de respirar quando uma de suas mãos se fixa na minha nuca. Ai, caramba, terei uma síncope daqui a pouco.

Abro os olhos quando a música termina. Thiago se afasta o suficiente e deixa um beijo quente na minha bochecha em chamas. Então toma minha mão direita e deposita um beijo delicado ali, sem tirar os olhos do meu.

Ah, Deus, assim é sacanagem.

Dá alguns passos para trás e não desgruda o olhar até a ruiva bonitona do corpo cheio de curvas tomar a frente dele e pedir uma dança. Thiago faz uma mesura e toma as mãos dela quando outra música começa.

Poxa, por que meu guru bonitão precisa ser tão sedutor, hein?

35

– Não tenho palavras para descrever
o que vi naquela pista de dança improvisada.
– Patty chega por trás e levo um baita susto.
– Achei que rolaria até beijo na boca
com direito a duelo de línguas.

– Pare com isso – repreendo. – Nem foi tão sensual assim.

– Como não? A mulherada ficou babando na cena, assim como eu. Olha, gata, vocês arrasaram na pista e serão alvos de boatos até o final da semana. Adorei, adorei, adorei!

– Patty, não tem nada a ver. Pare de surtar sem motivo.

– Gata, você não viu o que todas nós vimos. – Ela sorri. – O jeito dele com você foi, tipo assim, uau! Cara, ele estava em êxtase!

– Não tem nada a ver, já conversamos sobre o assunto. Ele é um dharma sim, um cara que me mostrará o caminho. Só isso.

– Será mesmo?

Hm, será? Não mesmo, não cairei nessa armadilha ilusória. Não sei bem o que a Patty e as meninas viram, mas não houve nada demais naquela dança. Ou houve? Ah, droga, tô perdida. Meus olhos correm apressados pela pista improvisada. Rafael continua por ali e não parece querer rolo com a minha pessoa. Menos mal. Está dançando numa boa e jogando seu charme como se fossem flores.

Vejo Thiago dançando com a loira que faz aulas de yoga e hidroginástica comigo. Observo com atenção. A distância está ok. Não há olhos nos olhos. As mãos estão bem presas à cintura dela. Nada de toque de corpos ou lábios pressionando o pescoço.

A Patty segura o riso e sussurra, logo depois de ler a minha mente:

– Entendeu agora? A dança sensual foi só com você.

Fico sem reação e sem resposta. A música termina e uma morena do corpo violão toma a frente dele para a próxima dança. A mesma coisa acontece, ou seja, nada. O que isso quer dizer?

– Patty, não coloque caraminholas na minha cabeça, por favor.

– Escute a voz da experiência aqui... Tem algo rolando, Clara.

– Não posso me iludir, não quero. – Recuso terminantemente a ideia de algo rolando e tralalá. – Vamos focar, ok? Dieta, emagrecimento, desintoxicação, tratamento de choque. Foi isso o que viemos buscar e só.

– Você adora se enganar. – Ela ri. – Vou fazer o que está pedindo, não toco mais no assunto. Bom, até outra coisa sensual desse tipo acontecer. E acontecerá, aposto um milhão.

– Nada de apostas – rebato. – E nada de contar ao Davi o que quer que esteja diagnosticando aqui, combinado? Não quero mais ninguém metido nisso.

– Você que manda, gata. Só me responda uma pergunta: Como conseguiu se segurar e não lascar um beijo naquela boca carnuda?

– Patty, eu vou socar a sua cara!

– Hahahahaha.

36

O DIA NASCEU BONITO, ENSOLARADO, COM PÁSSAROS CANTANDO, BORBOLETAS ESVOAÇANDO, E ESSAS COISAS QUE VOCÊ SÓ PERCEBE QUANDO ESTÁ APAIXONADA. EU FALEI APAIXONADA? MENTIRA, NÃO É NADA DISSO!

– Ei, teremos duas aulas juntas hoje. Zumba e yoga. Finalmente, hein? Já estava achando que queriam nos separar para todo o sempre e fim. – A voz da Patty é só um sopro, minha mente não processa nadinha. – Chamando Clara, câmbio. Na escuta, filha?

– Oi?

– Gata, onde está? Me leve também. – Ela descontrai.

– Estou bem aqui.

– Hm, será?

– De novo essa pergunta? Você está repetitiva, sabe? – Estresso.

– Adoro irritar você. – Ela dá um tapa no meu ombro e respiro fundo para não revidar. – Eu queria ser uma mosquinha para ver sua cara quando entrar no consultório do médico bonitão hoje à tarde. Cem por cento de chance de você gaguejar.

– Droga, pare de me conhecer tão bem – retruco, mal-humorada.

– Soube da faxineira contrabandista de chocolates? – Faço que não com a cabeça. – Acredita que deram um aumento de salário para ela não precisar mais se meter com esse tipo de coisa para faturar um extra?

– Isso é coisa do Thiago, acertei?

– No alvo, gata. Esse seu dharma é do poder atômico. Qualquer outro cara teria mandando a mulher embora por justa causa.

– Ele é diferente. – Minha frase é arrematada por um suspiro.

– A-há, eu sabia! – Patty aponta o dedo para o meu nariz, como uma advogada criminalista que acaba de conseguir uma confissão de culpa. – Você está caidinha por ele!

– Pare com isso, tô falando sério – retruco, trincando os dentes.

– Clara, não tente me esconder nada, sou expert em paixonite aguda. Capto a energia rosa no ar, sacou? E olhe, deixe o sentimento vir, sinta essa coisa boa vibrando no seu peito.

– Não consigo aguentar outra decepção. E ainda acho que esse dharma é só um caminho... – Ela não me deixa terminar a frase.

– Quieta. Não fale mais nada. Abstenha. Calada. Feche o bico.

– Nossa, quantos sinônimos – ironizo.

– Apenas sinta, é tão bom – ela aconselha. – Não bloqueie o fluxo de energia. O que tiver que ser, simplesmente será.

– Estou com fome e comeria um porquinho inteiro nesse momento. Cara, eu preciso de uma dose de bacon na veia. – Mudo o rumo do assunto e a Patty compreende meu momento tenso.

– Ok, não falarei mais sobre isso. Vamos ao café da manhã e finja que a maçã é um bacon frito.

– Que jeito? – Reviro os olhos, irritada.

– Não dizem que a mente tem poderes ilimitados? Peça ao seu eu superior e será atendida.

37

JÁ FIZ YOGA, ZUMBA E DRENAGEM LINFÁTICA.
APÓS UM BANHO DEMORADO, ESTOU PRONTA
PARA A TERAPIA HOLÍSTICA COM O MÉDICO DHÁRMICO
TUDO DE BOM. POR SORTE, A PATTY ESTÁ
NA AULA DE NUTRIÇÃO E NÃO ENCHERÁ
O MEU SACO PRÉ-CONSULTA.

Entro no consultório um tanto retraída e sei bem o motivo. A mulherada fez perguntas o dia todo e fiquei me esquivando, na maior cara de pau. Tem um mantra rolando na minha cabeça nesse exato instante: *Não se iluda, não se iluda, porra, não se iluda, oh mané!*

Com um sorriso de lábios cerrados, assumo o meu lugar e o tratamento começa. É um exercício esquisito, em uma espécie de cavalo de madeira. Sou obrigada a colar as costas no troço e me inclinar para trás, no máximo que a minha flexibilidade permite. A cabeça fica zonza e as pernas tremem com o esforço.

– Respire profundamente três vezes e solte um som de alívio a cada expiração. – Thiago explica e faço o que pede. De repente, a mente para de pensar. – Suba e incline o tronco para o chão, tocando os dedos dos pés. Respire três vezes e solte o ar com som.

Nada é dito além das explanações. Thiago está concentrado e eu também. Quando a sessão termina, ele analisa minha expressão facial e sorri brevemente. Sorrio de volta, um tanto aérea.

– Está relaxada? – ele questiona.

– Estou bem.

– Não pare em lugar algum, vá direto para a psicóloga.

– Ok, obrigada.

Ajeito os cabelos num rabo de cavalo e faço menção de caminhar até a porta, mas não chego a dar o primeiro passo. A mão dele segura o meu braço e giro o pescoço para fitá-lo nos olhos cristalinos.

– Thiago? – Solto a interrogação quando percebo que ele está ensaiando sei lá o quê.

– Er, não é nada. – Ele sacode os cabelos ensolarados, mas sua mão continua no mesmo lugar, segurando o meu braço.

– Thiago, está me mantendo refém. – Aponto com a cabeça para a mão dele.

– Nossa, me desculpe, Clara. – Ele parece embaraçado e fica tão lindo assim!

– Sem problemas. Está tudo bem com você?

– Tudo certo, acho que é cansaço. O ritmo aqui é alucinante. – ele se justifica.

– Percebi – afirmo e não sei mais o que dizer a ele. – Bom, vou indo então.

– Ok, até mais tarde.

– Até.

38

A SESSÃO DE TERAPIA DURA UMA HORA E MEIA.
DESCOBRIMOS QUE MINHA CRIANÇA INTERIOR
NÃO CONFIA NEM UM POUCO EM MIM E, PARA PIORAR
A SITUAÇÃO, NEM QUER OLHAR NA MINHA CARA.
AFE, ALÉM DE LIDAR COMIGO, TENHO UMA CRIANÇA
BIRRENTA PARA DOMAR.

O quarto dia de spa praticamente chega ao fim e não sei se darei conta dos dez dias como prometido ao Thiago. É muita coisa para processar, muito trabalho a fazer comigo. Ainda assim, resolvo desanuviar já que hoje teremos um ritual da lua cheia.

Não sei bem o que isso significa, mas a Patty explicou que colocaremos pedidos em um caldeirão de bruxa e faremos uma meditação. A tal lua cheia nem está presente no céu, aparece somente de tempos em tempos quando o vento afasta as nuvens escuras.

Me pesei mais cedo e já emagreci um quilo e duzentas gramas. Um feito histórico em se tratando de mim. Como gosto muito do resultado, acabo dispensando a sobremesa de frutas e gelatina.

– Cara, passa pra cá que vou devorar.

– Patty, as calorias são contadas. – Dou de ombros e passo o potinho decorado com raspas de limão.

– Gata, não preciso perder peso, esqueceu?

– Eu ainda tenho quatro quilos para eliminar e estou focada.

Ela come a sobremesa entre suspiros de êxtase. Estou brincando com um guardanapo e, quando noto, fiz um barquinho com um furo no casco. Transformo o barco em um chapéu e o visto no saleiro, para ficar bonitinho.

– Sua criança interior está ativa hoje. – Ela faz o apontamento e eu nem tinha me ligado disso. – Está regredida? É culpa da terapia?

– Falamos muito da mini Clara hoje – digo, com uma angústia no peito. – E sim, me sinto regredida.

– Isso é ótimo. Se divertirá horrores no ritual da lua cheia.

– Não estou muito empolgada. – Pego outro guardanapo e começo a dobrar. A pimenta ficará com inveja do saleiro se eu não providenciar um chapéu bem legal nos próximos minutos.

– Você não me parece deprimida, mas vejo uma ponta de tristeza no seu olhar. – Patty franze a testa e me analisa. – Está bem silenciosa também. Devo me preocupar?

– Estou bem, só cansada e estressada e triste e meio maluca. Estou no meu estado normal, fique tranquila.

– Como foi com o médico bonitão hoje? – ela questiona enquanto termino o chapéu da pimenta. – Lábios no pescoço? Abraço com mão boba? Um beijo roubado?

– Foi absolutamente profissional, você está vendo coisas onde não existem – retruco e fecho a cara.

– Nada fora do normal, gata?

– Não. – E então a cena da mão no braço ressurge das cinzas. – Quer dizer...

– Opa, pode contar, sou toda ouvidos. – Ela se empolga.

– Ele segurou o meu braço e ficou lá ensaiando o que dizer.

– E não disse nada? – Seus cílios piscam além do normal de pura excitação.

– Não.

Patty sorri como quem saiu com uma mão incrível no jogo de pôquer. Conheço bem o semblante e sei que lá vem teorias da conspiração envolvendo a minha pessoa e um médico gato altamente excitante.

– Um cara como o Thiago ficar sem palavras é, no mínimo, intrigante, não?

– Pare com suas teorias malucas – rebato.

– O legal da história é que ele sabe muita coisa sobre você. Essa brincadeira está ficando interessante.

– Patty, não comece.

– Só estou dizendo a real. Eu sei que não quer se iludir, mas, na boa, acho que está vivendo uma ilusão dentro da ilusão que não é ilusão. Compreendeu?

– Oi?

– Gata, acho que você só entenderia isso bêbada, nem perderei meu tempo explicando. – Ela se levanta e me arranca da cadeira. – Vamos para o ritual da lua cheia jogar nossos pedidos no caldeirão e tomar ponche sem álcool.

– Poxa, ninguém está traficando álcool? – Miro o céu, à procura da lua.

– Acha que já não xeretei? – Ela ri e eu também. – Nada de chocolates hidrogenados, nada de álcool, nada de carnes sangrentas ou bacon frito. Esqueça, gata.

– Bom, é por uma boa causa.

– Olhe, espero que valha a pena.

39

A LUA FINALMENTE SE REVELA EM UMA MAJESTADE IMPRESSIONANTE E LUMINOSA. HÁ UM HALO DOURADO NO ENTORNO E FICAMOS MARAVILHADAS COM A CENA. O SATÉLITE SEMPRE ME DEIXA INEBRIADA, TENHO UMA FORTE RELAÇÃO COM ELE.

Tem um caldeirão de bruxa posicionado bem no centro do jardim. Quem conduz a cerimônia é uma terapeuta que ainda não tive o prazer de conhecer. Ela faz o tipo hippie e está usando um vestido longo bem colorido, chinelos de tecido e penduricalhos nos braços e pescoço. É uma figura e tanto, difícil não admirar.

Ela explica o ritual e não é nada complexo. Sendo assim, escrevo o meu pedido em um papel branco, tomando muito cuidado com as palavras. A frase deve ser afirmativa e sempre no presente.

Eu poderia ter viajado na maionese, floreado bastante e rebuscado o pedido. Meu cérebro analítico tinha pensado em outra coisa para escrever, mas meu coração foi certeiro na intuição. Meu desejo é este:

"Tudo na minha vida acontece com amor e alegria."

Dobro o papel, dou um beijinho para selar um compromisso porque sou dessas e atiro dentro do caldeirão. Quando todos os pedidos são entregues, a terapeuta invoca a energia da lua para que as graças sejam concedidas.

– Tô adorando isso. Parece que voltei ao passado – Patty sussurra.

– Você nunca fez isso no passado – observo.

– Gata, vidas passadas, pô.

– Ah, tá.

Quando a cerimônia chega ao fim, deitamos em esteiras distribuídas por todo o jardim. O falatório não é intenso, a mulherada está aproveitando para relaxar debaixo do luar.

Meus olhos procuram pelo Thiago, mas ele não está presente. Patty sabe quem estou buscando e diz que se inteirou do assunto mais cedo, por meio da rede de fofocas que, aliás, funciona bem demais naquele lugar.

– Ele só virá amanhã à tarde – ela elucida.

– Não perguntei nada – retruco.

– Eu leio a sua mente, esqueceu?

– Droga, saia dos meus domínios, sua invasora de pensamentos alheios – balbucio, num sono incontrolável.

– Não vai me contar o que pediu para o caldeirão da bruxa? – Patty indaga, girando o corpo na minha direção e sustentando a cabeça em uma das mãos.

– Ué, você não é a mestra em telepatia? Desafio a descobrir.

– Adoro um desafio e não acho que seja tão difícil descobrir. Mas deixarei a brincadeira para amanhã, porque agora é hora do baralho cigano – ela diz e se apruma, batendo palminhas.

– Como é? Que baralho? Que cigano? – Procuro em torno e encontro o motivo da comoção. A terapeuta está com um baralho em mãos e uma aura de quem sabe brincar de adivinhar o futuro das pessoas.

Ela passa de esteira em esteira e a mulherada tira apenas uma carta. Depois, ela faz a leitura do tarô na hora, arrancando sorrisos ou olhares perplexos. Isso parece muito divertido.

– Me conte o que pediu para o caldeirão – Patty sussurra.

– Não.

– Tem a ver com o dharma chamado Thiago?

– Cale a boca, o baralho está chegando.

A terapeuta se ajoelha de frente para a Patty. Minha louca amiga faz o sinal da cruz e afasta os espíritos zombeteiros como se fossem mosquitos irritantes. A cena é hilária, mas seguro o riso.

Ela escolhe a carta, e o planeta inteiro para de respirar para ouvir o que a terapeuta tem a dizer sobre ela. Noto que a Patty está bastante apreensiva e eu fico também. Lá vem a explicação da Carta do Coração:

– Essa é a carta vinte e quatro, O Coração. – A terapeuta fixa o olhar na Patty, como se a prendesse através de algemas do bem. – Essa carta traz alegria, felicidade, satisfação plena. É o símbolo do amor eterno, de profundas emoções e sentimentos verdadeiros. O coração é o local em que a alma reside e se expressa, portanto, tudo o que vem do coração é puro, cósmico, divino. – A mulher tomba a cabeça de lado e arremata: – Se não tiver encontrado sua alma gêmea, ela está bem próxima. –Patty dá uma risadinha conspiratória e a terapeuta saca na hora. – Ok, você já encontrou. Isso é seu mérito, meus parabéns.

Nossa, estou suando frio com essa leitura da Patty, a carta caiu como uma luva! Ela está sorrindo e os olhos brilham de um jeito que nunca vi antes. Então o Davi realmente é o cara para todo o sempre e isso é tão legal!

Meu sorriso some do rosto quando o baralho é estendido na minha direção. Sinto um tremor involuntário e não sei se quero conhecer o meu futuro. Patty incentiva, tocando o meu ombro.

– Escolha sem medo – ela diz.

– Você conhece o meu estilo dramático – rebato.

– Nada poderá ser pior do que suas próprias crenças toscas. Manda bala, gata.

Seguro a respiração e tiro uma carta do baralho. A terapeuta sorri quando encontra a figura de uma estrela. Suspiro aliviada, afinal, não saiu nenhum ser encapetado, nem carmas do mal e essas coisas esdrúxulas.

– Quer algo mais grandioso do que uma estrela? – A terapeuta mira o fundo dos meus olhos curiosos. – A Estrela é uma carta maravilhosa em todos os sentidos. Você deve ter um entendimento surpreendente do funcionamento das leis da vida e do cosmos. E, se alguma informação lhe falta, você simplesmente adquire o conhecimento através de pessoas e situações, numa sincronia absurda. Eu não sei o que você está buscando nesse momento, mas já está escrito, vai acontecer. Essa carta é como um anjo da guarda lhe dizendo bem baixinho, ao pé do ouvido: confie.

Nossa, depois de uma leitura dessas, o que posso dizer?

Ok, eu confio.

40

DORMI COMO UM ANJO, OU MELHOR, COM MEU ANJO
DA GUARDA INVISÍVEL FAZENDO CAFUNÉ.
CONFIAR É SINAL DE FÉ, É UM TIRO NO ESCURO,
É SALTAR SEM PARAQUEDAS, É APENAS ACREDITAR
QUE TUDO ESTÁ EM SINCRONIA COM O JOGO DA VIDA
E SÓ O MELHOR PODE ACONTECER.

Mas o entusiasmo com a leitura do tarô passa mais rápido do que eu gostaria. Meu ego detonador logo surge em cena, dizendo que sou uma idiota por acreditar em cartas com figuras esquisitas. Afe, ninguém merece.

Óbvio que, diante de um ego destruidor como esse, meu mau humor volta ao ataque e, como não tenho nada melhor para fazer da vida, começo a distribuir porradas em quem se aproxima, afinal, sou generosa. Coitada da Patty.

Na mesa de café da manhã, dou uma patada dessas que desconcertam os mais centrados. Patty fecha a cara e também o punho. Não acho que me dará um soco, mas a reprimenda vem certeira:

– Gata, você está intratável hoje. Isso é falta de álcool, chocolates hidrogenados e sexo.

– Não fale essas três palavras, estão proibidas.

– O médico bonitão chegou, pode relaxar. – Ela aponta para a porta do restaurante e giro o pescoço de imediato. – Esse seu olhar de peixe morto é o melhor. – Ela ri da minha cara, só para variar.

– Por que o universo, em sua infinita sabedoria, colocou um cara tão gostoso quanto esse no meu caminho? Acho maldade, sabe? – Teorizo.

– Ainda está vivendo a ilusão de que o dharma é só um caminho para a sua cura emocional, psicológica, destrambelhada, anormal? – Ela checa o meu semblante e complementa: – Se continuar acreditando nisso, essa será a sua realidade. Já não falamos milhões de vezes que co-criamos as nossas vidas?

– Bom, eu posso imaginar zilhões de cenários e situações com o bonitão... Mas isso criaria a realidade? E a vontade dele nessa história? – Minha cabeça gira para lá e para cá, em negação. – Essas afirmativas não são válidas quando falamos de duas pessoas.

Patty leva a mão ao queixo e seus olhos de cor indefinida vasculham os meus. Ela está meditando sobre o que eu acabo de dizer. Morde o lábio e se inclina sobre a mesa, concordando:

– Olha, gata, essa você mandou bem. Estou sem resposta pra isso.

– Viu? Meu nível de evolução não é assim tão tosco – rebato.

– Qual o horário da sua consulta dhármica? – ela indaga.

– Daqui a pouco.

– Ok, divirta-se com o bonitão tudo de bom.

41

ANTES DA CONSULTA COM O THIAGO, PASSO POR UMA SESSÃO DE ALINHAMENTO DE CHACRAS COM A TERAPEUTA QUE CONDUZIU O RITUAL DA LUA CHEIA. A MULHER CHEIA DE PENDURICALHOS PARECE APLICAR UM PASSE QUE, COMO ELA EXPLICA DEPOIS, TRATA-SE DE REIKI.

O Reiki é uma prática holística com base na crença da existência de uma energia vital universal denominada Ki. Essa energia pode ser manipulada por um terapeuta reikiano através da imposição das mãos. De acordo com os adeptos, o Reiki traz equilíbrio, ativa a habilidade do corpo de se autocurar nos níveis mental, emocional, físico e espiritual.

Quando o Reiki é finalizado, a terapeuta distribui cristais sobre cada centro de energia enquanto escuto uma voz vinda do aparelho de som, que me conduz a uma visualização poderosa para limpar a aura. É diferente da limpeza do Arcanjo Miguel, mas acho que no fundo, tudo leva ao mesmo caminho de libertação.

Nem estou entediada, afinal, tudo o que estou fazendo é para o meu bem-estar daqui em diante. Apesar disso, sinto uma espécie de fraqueza emocional, uma vontade doida de fazer o mundo parar de girar, saltar dele e ficar vagando eternamente no vazio infinito. Isso é uma espécie de depressão, não?

Afasto a tristeza que se esgueira, sorrateira. Foco na voz provinda do rádio e não deixo a mente ficar conjecturando besteiras e trazendo energias negativas. Começo a pensar que antes era tudo tão fácil de resolver. É como a Patty sempre diz, a ignorância é uma benção porque torna tudo muito, muito, muito simples. O duro é que não é possível viver na ignorância *forever*, precisamos evoluir para patamares de luz. E o trajeto não é feito sem um tremendo esforço pessoal.

– Seu plexo solar estava obstruído. – A terapeuta começa a retirada dos cristais. – Mas já está alinhado novamente. Sua cabeça anda pensando bastante e precisei de energia extra para dar uma limpada no fluxo contínuo. Não dê crédito ao que a mente diz, está bem?

– O mal do ser humano é acreditar que ele é a mente – murmuro, sem abrir os olhos.

– Você já tem o conhecimento, agora é aplicar no cotidiano – ela completa.

– Tenho saudades da ignorância.

– Quando a porta da sabedoria se abre, é impossível voltar atrás. – Não a vejo, mas sei que ela está sorrindo. – O mundo está mudando, padrões obsoletos precisam ser transmutados. Não somos a mente, somos sim o nosso coração. Esse deve ser bem cuidado, regado, nutrido. É nesse chacra que nasce o amor, a compaixão, o perdão e tantos outros sentimentos nobres. Mas você sabe de tudo isso, não é?

– Eu sempre preciso reafirmar essas coisas. Pode continuar falando – digo.

E ela continua. Fala sobre a Nova Era, as mudanças energéticas, a cura do planeta, a quinta dimensão, a ajuda espiritual, os extraterrestres bonzinhos... Ou seja, divagamos pra caramba sobre assuntos que não estão nos noticiários.

– A mudança é gradativa, mas precisa ocorrer. Se não atingirmos a meta mínima, não prosseguiremos na Terra – ela declara e me sinto estremecer. – Não dá mais para adiarmos a evolução, o momento de agir é agora.

Ergo o tronco da maca e me recomponho. Espreguiço-me demoradamente e meus olhos vão se acostumando à luz que acaba de ser acesa. A terapeuta tomba a cabeça de lado e me fita, antes de concluir:

– Fique tranquila, você está no caminho certo.

Amém, não?

42

Estou me sentindo renovada após a sessão de alinhamento dos chacras. Chego no consultório do Thiago com o semblante relaxado e sem dores musculares. Antes de iniciarmos a terapia de choque, ele pergunta como foi o ritual da lua cheia.

– Foi bacana. Um bando de mulheres em torno de um caldeirão fervente e a lua até apareceu contornada por um halo dourado. A Santa Inquisição queimaria todas nós.

Arranco um sorriso daquele rosto sempre tranquilo. Os olhos dele brilham de um jeito diferente. Chegam a ficar transparentes e posso xeretar lá nos recônditos da sua alma à vontade. Não me atrevo a essa invasão e desvio o olhar.

– Eu gostaria de ter ficado para assistir ao ritual. Você fez o seu pedido? – Thiago pergunta.

– Hã-hã.

– Acha que será atendida?

– Com certeza – afirmo.

– Gostei da postura firme e do tom de voz. Definitivamente, será atendida.

Thiago indica um colchão no chão e me deito ali. Senta-se acima da minha cabeça e pede que eu feche os olhos. Explica brevemente como será o procedimento daqui em diante. Apenas aguardo que ele comece.

– Concentre-se no corpo e saia da mente.

– Ok.

– Respire profundamente e siga apenas o som da minha voz.

Faço o que ele diz e a respiração profunda sempre me leva para um estado alterado de consciência. O oxigênio abundante funciona como uma droga de efeito imediato, mas esse entorpecente é do tipo natural e não pode me prejudicar.

– Imagine que você está descalça e usando um vestido fluido, bem à vontade. Os cabelos estão soltos e esvoaçando com o vento. Não há nenhum pensamento e você está focada no seu coração. Veja a energia rosa que se desprende dele como uma espécie de lanterna que ilumina uma trilha mais adiante. Siga por esse caminho. Sinta o chão firme sob os pés. É seguro caminhar e você está sendo guiada pela luz que seu coração emana.

Estou visualizando conforme as palavras são ditas e me sinto bem, realmente em segurança. Dou os primeiros passos e olho em volta. Estou numa trilha que corta um imenso jardim florido.

– Continue caminhando, seguindo o seu coração. Não há nada com o que se preocupar. Não há perigo. – Ele faz uma pausa breve e sinto suas mãos quentes acima dos meus olhos. Se não estou enganada, ele está aplicando um Reiki em mim enquanto dirige a visualização. A galera deste spa realmente curte uma prática holística, não?

Ouço a respiração cadenciada do Thiago. A minha está em concordância, como se estivéssemos em sincronia. Após uma pausa necessária, o médico retoma a visualização, sugerindo:

– Procure em volta, você encontrará diversos animais e insetos. Escolha um para caminhar ao seu lado.

São muitos animais que surgem do nada e não sei qual deles escolher. Pego uma joaninha fofa sobre uma pedra lodosa, mas uma borboleta azul pousa sobre meu ombro direito e um veado pequenino resolve me seguir mais de perto. Há também uma águia sobrevoando o local e parece se juntar à nossa turma.

– Escute, há água por perto. É uma cachoeira que deságua bem próxima de onde você está. Caminhe até lá, sem pressa.

Agora sinto as mãos dele pairando sobre o meu peito e ouço-o sussurrar palavras em outra língua. Não compreendo, na verdade, nem tento entender. Continuo caminhando com os meus quatro bichinhos. Antes que eu encontre a cachoeira, vejo alguém se aproximando. A luz do sol não me permite esmiuçar os detalhes, a única coisa que tenho certeza é de que se trata de um homem com os cabelos dourados. Ele parece estar sorrindo e abre os braços, como se esse fosse um reencontro após muito, muito tempo.

– Não pare, Clara. – Thiago solicita, num tom de voz amistoso. – Continue a caminhar até a cachoeira.

Gente, como ele sabe que quase parei para dar um abraço no desconhecido? Isso é muito surreal. Diante do pedido dele, resolvo só acenar para o cara e continuar o meu caminho. A joaninha está lindinha no meu dedo indicador esquerdo. A borboleta continua no ombro direito. O veado me segue bem de perto. A águia nos ultrapassa e finalmente vislumbro a cachoeira.

– Quero que se sente na margem de forma bem confortável. – Thiago faz uma pausa suficiente para que eu possa imaginar a cena. – Agora, quero que observe o seu reflexo sobre a água. Demore o tempo que precisar.

Vejo meu reflexo, como Narciso fez um dia. Só que ele se afogou e não estou a fim de sofrer uma morte como essa. Sendo assim, observo a certa distância e, o que vejo, sou eu mesma um pouco mais nova, talvez até mais bonita, e há um halo dourado bem luminoso em torno da minha cabeça.

– Guarde essa imagem – ele retoma. – Nesse momento, quero que encontre uma casa. Imagine-a como preferir.

Vejo a casa mais adiante. É como um chalé, um lugar amistoso e familiar. Nesse momento, tenho vontade de caminhar até lá e o faço, sem esperar pela voz do Thiago para me guiar.

– Que tal entrar na casa? – ele sugere gentilmente e é como se soubesse que estou de frente para a porta de entrada. Mas, cara, como ele saberia disso? Ok, nada de conjecturas, Clara.

Entro na casa-chalé e me sinto imediatamente em paz. Tudo parece vibrar em puro amor. O homem dos cabelos dourados está ali, mas não consigo focalizar seu rosto. Ele me estende algo e, quando faço menção em pegar, vejo um espelho de corpo inteiro e estou olhando minha própria imagem refletida.

– Não há nada a temer. – Ouço a voz do Thiago bem distante. – Estou com você.

Minha imagem é bonita, mas diferente. Estou usando um vestido azul e uma coroa de pérolas. Estou sorrindo, radiante. Na verdade, estou é dançando em frente ao espelho. Caraca, a sensação é mágica.

Vejo mais um reflexo no espelho e novamente é o homem dos cabelos ensolarados. Ele se aproxima e me abraça pela cintura, mas é impossível focalizar o seu rosto. Parece querer dizer alguma coisa, mas não consigo ouvir.

– Tudo isso está acontecendo dentro do seu coração, Clara. – A voz do Thiago ecoa. – Não há o que temer, você está segura.

Quando ele diz essas palavras, giro nos calcanhares e fito o homem dos cabelos dourados. Droga, o rosto dele está iluminado demais, não consigo nem distinguir a cor dos seus olhos. Ele me estende a mão e aceito, sendo imediatamente tragada por um túnel multicolorido, desses que vemos em filmes de ficção científica.

– Abra os olhos bem devagar.

Faço o que ele diz e meu corpo todo está formigando. Ergo os braços e Thiago me ajuda a esticá-los para trás. Pede que eu fique deitada mais um pouco e, quando se dá por satisfeito, me ajuda a levantar do colchão.

– Como está se sentindo?

– Bem. – Ainda não consigo processar o que houve.

– Guarde essa visualização e acesse sempre que quiser. Será seu local sagrado a partir de hoje. Cuide bem dele.

– Não quer saber de nada? – questiono.

– A única coisa que realmente me importa é o seu reflexo na água. O que viu?

– Era eu, só que mais nova e mais gatinha. Ah, tinha um halo em torno da minha cabeça na cor dourada.

– Excelente. – Ele sorri, satisfeito. – Você tem uma boa autoimagem de si mesma. Seu ego precisa ser trabalhado para que ele enxergue a mesma imagem.

– Meu ego é o inimigo aqui? – cogito.

– É sim.

Pelo visto nossa sessão acabou, mas não posso sair daqui com certas dúvidas me corroendo. Ele percebe que estou ensaiando as palavras e me aponta a poltrona, convidando-me a sentar. Não preciso sentar, só mesmo desabafar.

– Tive a impressão de que você estava vendo o que eu via – começo a falar.

– Não é assim que funciona – ele rebate. – Entramos em conexão sim, mas só vejo flashes de algumas cenas e tudo parece envolto por nuvens densas.

– Eu não estava sozinha lá – comento.

– Eu sei.

– Era você? – questiono, muito intrigada.

– Não sei dizer. É possível. – Ele franze os lábios, incerto. – Isso é um problema?

– Não, eu só queria entender.

– Não racionalize. A mente não consegue alcançar o que houve aqui – ele explica.

– Patty já conduziu uma visualização dessas comigo. – Relembro da viagem ao coração em Machu Picchu. – Se ela não estivesse caidinha pelo Davi, vocês dois se dariam muito bem.

– Não me leve a mal, a Patty é uma mulher bonita, mas é muito bem resolvida para mim. Eu prefiro o caos. – Ele me lança uma piscadela e um sorriso que não consigo definir. As palavras fogem da minha boca e estou sem uma resposta satisfatória. Palavras cretinas, voltem! – Está na hora da sua consulta terapêutica. – Ele checa o relógio e me aponta a porta de saída.

– Está me dispensando assim, na maior falta de educação?

– Clara, eu jamais dispensaria você, mas temos que cumprir os horários.

Ops, isso me soou como uma cantada, mas resolvo deixar barato. Digo um tchau meio capenga e vou em direção à porta. Antes que eu alcance a maçaneta, Thiago pigarreia e giro nos calcanhares para encará-lo. Ao se aproximar, mexe no vaso sobre o aparador e tira de lá uma rosa branca.

– Acho que era isso que o homem da visão gostaria de dar a você.

Boquiaberta, pego a rosa ofertada e não sei o que dizer. Giro o caule da flor e, por mais que meus lábios se mexam, absolutamente nenhuma frase é formulada pelo meu cérebro travado.

– Está atrasada, conversaremos outra hora.

– Certo. – Cérebro, volte a funcionar, por favor.

– Conte para a psicóloga tudo o que viu na visualização. Ela poderá ajudá-la a entender alguns aspectos da sua personalidade.

– Beleza. – Cara, fiquei burra de repente?

– Até mais tarde.

– Até.

43

Saio do consultório do Thiago completamente zonza e vou direto para o encontro com a psicóloga. Após uma hora e meia de conversa sobre a visualização, os bichinhos que me seguiram, o reflexo na água, o homem dos cabelos dourados e o túnel de luz, tenho muito material no qual trabalhar.

É nesse clima meio zen que estou quando sento minha bunda, visivelmente mais magra, sobre o gramado fresco. Deixo o olhar correr pelo entorno enquanto giro o caule da rosa entre os dedos.

Sem perceber, me perco no tumulto do mundo mental e desconecto geral do corpo, da grama, do aqui e agora. Só me dou conta que estava viajando quando escuto um som melodioso às costas:

– Fui guiado até aqui pela fumaça que está saindo da sua cabeça pensante. – A voz do Thiago chega como um acordo de paz para acabar com um conflito armado. – Clara, a mente descontrolada pode enlouquecer uma pessoa.

– Já sou louca, então o máximo que pode acontecer é ela entrar em combustão espontânea.

– Posso? – Ele aponta para um lugar ao meu lado. Faço que sim com a cabeça e Thiago se senta, inspirando profundamente a seguir. – Como foi o restante do dia?

– Nada tedioso. E o seu?

– Proveitoso.

– Hm. – Não olho para ele e foco na rosa branca. – A psicóloga me disse que os quatro bichinhos que vi na visualização são meus quatro animais de poder – revelo.

Não vejo, mas sei que ele está sorrindo, claramente satisfeito. Cruza as pernas e inclina o tronco para trás, apoiando o peso em ambas as mãos. Meu olhar de esguelha capta todos os detalhes.

– O que mais descobriu? Quer compartilhar?

– Ela analisou os principais detalhes da minha visão fazendo um paralelo entre a psicologia tradicional e a corrente holística. O resultado foi bem interessante. Até aprendi um pouco sobre xamanismo, olha que legal.

– Isso é ótimo, Clara.

Entro em devaneios e ele percebe que me ausento do diálogo por alguns instantes. Apenas baixa a cabeça e aguarda que eu volte do mundo mental. Depois de um tempo, estou de volta e com uma pergunta que não sei de onde surgiu:

– Eu estava pensando sobre a correlação entre a evolução espiritual e as porcarias que costumo comer. Tem algo a dizer sobre isso?

– Tenho muito a dizer. – Ele se anima com o questionamento. – Gosto de fazer uma brincadeira com as minhas pacientes mais abertas a esse assunto.

– Que tipo de brincadeira? – pergunto, curiosa.

– Ok, farei com você. – Thiago gira o corpo na minha direção e faço o mesmo sem saber o motivo. Estamos tão próximos que sinto seu aroma pinicando as narinas de um jeito muito hipnótico. – Muito bem, pense na seguinte situação: Você receberá o demônio para jantar. – Arregalo os olhos e, antes que eu diga qualquer merda, ele ergue a mão como sinal para que eu o espere terminar a sentença. – Me diga, o que você serviria?

– Eu jamais convidaria o demônio para jantar – rebato, indignada com a ideia.

– Clara, é uma suposição maluca, ok? Entre na brincadeira.

– Não se brinca com o demônio. – Ele tomba a cabeça de lado lindamente e aguarda meu pronunciamento. – Tudo bem, se o capeta aparecesse para jantar, ele provavelmente iria querer negociar a minha alma.

– Isso também. – Thiago solta uma gargalhada. – Mas toda a negociação que se preze é feita com comida envolvida. Portanto, antes de vender sua alma ao diabo, o que serviria a ele?

– Bom, eu provavelmente serviria carnes sangrentas no espeto, um porco inteiro com uma maçã na boca, bacon frito e, para sobremesa, um monte de porcarias grotescas cheias de calorias. – Dou uma piscadela para arrematar o banquete.

– Acho que ele iria gostar. – Thiago aponta. – E se Deus fosse jantar na sua casa, o que serviria?

Entendi tudo. Não é uma simples brincadeira de conjecturas, é uma lição de vida prestes a acontecer. Seguro o ar nos pulmões com o questionamento e sei que não há resposta certa.

– Deus não come – rebato, ganhando tempo.

– Hoje Ele comerá. O que serviria?

– Bom... – Começo a ficar ansiosa porque Deus está chegando para jantar e não sei o que servir. – Acho que os pratos seriam os mais naturais possíveis. Frutas, verduras, legumes, sementes, brotos, sucos... essas coisas.

– Um excelente banquete, acho que Deus ficaria muito satisfeito. – Ele finge ponderar. – O que acha disso?

– Droga, você me deu um tapão na cara sem mexer um músculo sequer – aponto, estarrecida. – Está querendo dizer que estou alimentando o demônio e não o meu Deus interior, é isso?

– Essas são as suas conclusões. – Ele se levanta e perco a voz, simplesmente não sei o que dizer. – Tenho um último atendimento agora, preciso ir.

– Espere, não pode sair assim. – Ergo o corpo num salto e o seguro pelo braço, impedindo-o de me deixar tão atônita para trás. – Você joga a bomba e se manda?

– Clara, o demônio é o seu ego e Deus é a sua alma.

– Ah.

– Podemos conversar mais tarde, hoje dormirei aqui no spa. Enquanto isso, Deusa pensante, reflita e pondere, você tem muito material para isso.

Não solto o braço dele e nossos olhares se aprofundam. O tempo deixa de existir assim como todo o cenário em volta. Estamos numa conexão que não compreendo e só desperto do transe quando ouço alguém me chamar ao longe.

Ah, droga, a conexão se perdeu.

Snif.

44

A LOIRA, QUE SE CHAMA ELISA, PEDE MIL DESCULPAS QUANDO PERCEBE QUE INTERROMPEU UM MOMENTO MÁGICO COM O MÉDICO BONITÃO QUE ARRANCA SUSPIROS APAIXONADOS POR ONDE PASSA. TENTO ESCAPAR PELA TANGENTE, MAS ELA NÃO PARA DE FALAR E DE GESTICULAR E DE DIZER QUE SENTE MUITO.

– Já disse, não tem nada a ver. Você está vendo coisas onde não existem – retruco.

– Ah, Clara, todo mundo anda percebendo, viu.

– Todo mundo? Poxa, arrumem algo melhor para fazer da vida – rebato, cansada. – Já está na hora do relaxamento? – pergunto e ela faz que sim com a cabeça. – Beleza, vou jogar uma água no rosto e encontro você lá.

A loira não pareceu convencida, mesmo assim, o assunto foi finalizado. Encontro com a Patty no quarto e ela me encara, com as mãos nos quadris e um sorriso cortante nos lábios:

– Se você disser que o dharma é só um caminho, vou dar na sua cara. Eu vi vocês dois, aliás, toda a mulherada viu.

– Ah, meu Deus, até tu, Brutus? Chega disso. – Reviro os olhos, exausta. – Na boa, arrumem outra fofoca porque essa não procede.

– Já notou que ele só fica de conversinha com você? – Ela ignora o que acabei de dizer e continua: – Clara, você é mais inteligente do que isso.

– Se eu fosse inteligente como está supondo, não teria caído na lábia de tantos filhos da puta nessa vida.

– Gata, acorda! – Ela me chacoalha pelos ombros e finge dar uns tapas na minha cara. – O Thiago não é só um caminho, ele é o dharma personificado! Clara, eu não acredito que esteja tão cega.

– Patty, nós só conversamos sobre coisas espirituais. Não tem nada a ver com interesse pessoal, sacou? Diga isso para essas dementes, pelo amor de Deus. Chega desse burburinho sem sentido, não tem nada rolando para ser fofocado.

– Clara...

– Estou falando sério, Patty. – Solto os braços rente ao corpo, desolada. – Se alguma coisa diferente estivesse acontecendo, se eu ao menos captasse algo concreto, você seria a primeira a saber. É como eu disse, o Thiago mostrará o caminho que me alinhará ao dharma. Basicamente isso.

– Que coisa mais tediosa. – Ela faz cara de quem comeu e odiou.

– Não é tedioso – retruco. – Estou aprendendo muito com ele. – Patty se cala e eu mudo de assunto: – Vamos para o relaxamento?

Ela está perdida em pensamentos e sei que tem tudo a ver com o meu dharma e essa rede de fofocas correndo solta pelo spa. Preciso repetir a pergunta e estalar os dedos na altura das fuças dela.

– Patty, vamos?

– Hã? Ah, vamos, já estou pronta.

45

NÃO CONSIGO DORMIR. JÁ ROLEI PARA LÁ, PARA CÁ, MUDEI DE POSIÇÃO, LAVEI O ROSTO, TROQUEI DE TRAVESSEIRO, FIZ UM MANTRA DO SONO, CONTEI CARNEIRINHOS E NADA. SENDO ASSIM, LEVANTO DE VEZ, CALÇO OS CHINELOS E, VESTIDA COM UMA CAMISOLA DE BORBOLETAS, SAIO DO QUARTO PARA DAR UMA CAMINHADA.

São três e meia da madrugada. A brisa gélida avança sem pudor e meus cabelos esvoaçam juntamente com o tecido da camisola. Abraço o corpo e continuo a caminhada, indo para lugar algum.

Saio da trilha principal e entro no jardim, com passos vagarosos e descompromissados. Não vejo para onde estou indo e, para falar a verdade, pouco importa.

Cruzo um portal de flores e estou entre as árvores. As redes balançam com o vento e as folhas fazem um zumbido frenético, como um assobio contínuo. Antes que eu dê mais um passo, levo um baita susto.

– Clara, o que está fazendo por aqui?

Thiago está deitado numa rede, enrolado num cobertor que parece macio e quentinho. Mesmo na penumbra, noto que os cabelos estão desgrenhados e os olhos pesam de sono.

– Está dormindo aqui fora? – questiono e me aproximo. – Cara, que falta de noção.

– Adoro dormir ao ar livre. – Ele sorri, brevemente. – O sofá do consultório é horroroso e não tive dúvidas quando me lembrei das redes.

– Bom, meu quarto, apesar de amplo, estava claustrofóbico. É como você diz, eu não paro de pensar e hoje, em especial, isso me tirou até o sono. – Ajeito a camisola. – Volte a dormir, estou bem.

– Tentou contar carneirinhos? – ele indaga, sorrindo.

– Não surtiu efeito.

– Mantra?

– Também não.

– Trocou o travesseiro?

– Não adiantou.

– Certo. – Ele pondera a situação e manda essa para o meu total assombro: – Essa rede foi confeccionada para acomodar de duas a três pessoas.

Ok, parem tudo. Vento, por favor, pare de soprar. Camisola, por gentileza, pare de esvoaçar. Folhas, parem de assobiar. Por acaso eu ouvi direito? O médico bonitão está me convidando para dormir com ele ao ar livre? Numa rede? Com um cobertor só?

– Thiago, pode repetir?

– Talvez você precise de contato humano. Acabará se sentindo segura, consequentemente vai relaxar e dormirá profundamente. Garanto isso a você e digo mais: será um nocaute e você nem se dará conta quando o sono chegar.

Engulo em seco sem saber o que responder. Os boatos já estão circulando por esse spa como rastilho de pólvora, agora, imagine se souberem que dormi com o cara numa rede estendida no jardim?

– Do que tem medo? – ele indaga e fico séria.

– Você acha que estou com medo? – devolvo a pergunta, como tiros de metralhadora.

– Prometo me comportar. – Ele estende a mão em minha direção e sinto borboletas atômicas explodindo no estômago.

– Eu preciso muito dormir ou amanhã nem meu Deus interior me suportará – aviso. – Você não imagina o que isso significa.

– Posso imaginar. – A mão dele continua estendida e estou petrificada. – Venha, prometo que será rápido e indolor.

– Certo, não tenho nada a perder – murmuro para mim mesma.

Aceito a mão dele e a rede é grande o bastante para nós dois. Por possuir uma estrutura rígida, seria perfeitamente possível nem nos esbarrarmos se fosse o caso. Mas o fato é que esse não é o caso.

Tento permanecer o mais distante possível, mas o Thiago se ajeita e estende o braço por trás da minha cabeça, me trazendo para junto de si de uma forma que eu sempre quis dormir com um homem, mas nunca tive um homem decente que topasse me abraçar dessa forma antes do sono arrebatar.

Minha testa encosta em seu ombro e, num golpe de total demência e falta de noção, levo minha mão para o seu tórax e ali ela permanece, subindo e descendo conforme ele respira. Antes que eu me arrependa, a mão direita dele se sobrepõe a minha, ao mesmo tempo em que me sinto ser abraçada pelo braço esquerdo. Giro o corpo um pouquinho e a cena se encaixa perfeitamente.

– Respire, Clara.

Putz, só agora percebi que não estava respirando! Ah, que mico mega blaster. Thiago nota que ainda não estou relaxada o suficiente e, sem aviso, seus dedos acariciam minha mão sobre seu peito cheiroso.

Ah, universo, que puta sacanagem, pô!

– Feche os olhos, vou guiá-la numa visualização.

– Lá vem você com outra visualização. Durma, Thiago. Durma! – repreendo.

– Perdi o sono, mas não pretendo matar ninguém com meu mau humor sonolento amanhã, fique tranquila. Vamos focar em você.

A carícia está me deixando zonza. A respiração dele idem. O corpo quente está me causando arrepios constantes. Os lábios que agora pressionam a minha testa estão transformando meus ossos em alguma coisa inexistente no planeta Terra.

Ai, Deus, não me deixe perder o controle.

Amém.

46

DE OLHOS FECHADOS, A VISUALIZAÇÃO GUIADA PELO THIAGO E SUA VOZ MACIA ME LEVAM A UM CAMPO ABERTO, REPLETO DE FLORES MULTICOLORIDAS E UMA PRAIA EXUBERANTE MAIS ADIANTE. PÁSSAROS SOBREVOAM O LOCAL E, APESAR DE ELE AFIRMAR QUE ESTOU SOZINHA NESSE PARAÍSO, DESCULPE AÍ, MAS NÃO ESTOU MESMO.

Ok, confesso, não estou mais escutando o que ele diz. Na minha visualização, a coisa toda acontece assim: estamos em uma rede debaixo de uma lua de calar a boca. A brisa sopra sobre a pele e arrepia ao toque. Olhando a cena, estamos na mesma posição, abraçados, com carícias rolando e tudo o mais.

Giro a cabeça e meus lábios deixam beijos escaldantes no seu pescoço. Ele arfa e sua mão se prende aos meus cabelos, puxando-os para trás levemente. Os beijos avançam para cima, assim como meu corpo. Estou provocando conforme me aproximo de sua boca. Minhas mãos entram por baixo da camiseta e ele enlouquece.

Sua boca se atira em direção à minha e o beijo é desses profundos, que exploram cada centímetro, sem a menor pressa. É um beijo que preenche, instiga, acende, esquenta, ensandece.

Meu corpo obedece a seus próprios comandos e estou por cima dele, arrancando a camiseta, acariciando os pelos que imagino serem dourados. As mãos dele descem pelas minhas costas e se firmam na minha bunda – mais magra, que bom – e ele me pressiona contra o seu corpo em chamas.

Afunda a boca no meu pescoço enquanto luto para tirar a camisola de borboletas. As mãos dele ditam o tom e friccionam meu corpo contra o dele e eu consigo sentir toda a sua deliciosa potência entre os tecidos.

Ah, droga, não posso continuar com isso.

Noto que minha respiração está entrecortada e rezo para que o Thiago não tenha percebido o fato. Abro os olhos e ele imediatamente se cala, apesar de continuar acariciando a minha mão sobre o seu tórax.

Não sei se é loucura da minha mente fértil, mas percebo que a respiração dele também está alterada. Ok, não estou surtando, ele realmente está arfando como eu. Oh, céus, será que ele entrou na minha visualização? Ai, que vergonha!

– Feche os olhos e tente dormir ou farei uma besteira. – Seu sussurro é quase inaudível e suas palavras reverberam por todo meu corpo de forma alarmante.

Eu sei que deveria me erguer e questionar. Quem sabe me levantar e voltar ao quarto. Talvez o certo mesmo fosse transformar a visualização em realidade. Mas nesse momento, a única coisa que faço é nada.

É, não me movo um milímetro sequer e também não digo absolutamente nada. Ele é o médico e eu sou a paciente, não posso ultrapassar a linha de segurança. Ok, ela já foi ultrapassada, mas a situação ainda está sob controle.

A respiração dele vai se acalmando, assim como a minha. Seus lábios voltam para a minha testa e o abraço fica mais apertado. Afundo meus dedos em seu peito e ele pressiona a minha mão, segurando-a firmemente.

Nada mais é dito, não há necessidade.

Não faço ideia do que está acontecendo aqui, mas uma coisa é certa: está bom demais para ser verdade.

47

Acordo com alguém me chacoalhando.
Abro os olhos com certa dificuldade e demoro a focalizar a figura vestindo camisola de oncinha. Quando me dou conta de que é a Patty, ergo o tronco de supetão e tento raciocinar na porrada.

– Gata, se alguém ainda não viu vocês, é melhor se apressar.

Ouço o Thiago se remexer e ele boceja, espreguiçando. Dá um oi para a Patty e ela cumprimenta de volta. Como assim ele não está ao menos tão envergonhado quanto eu?

Giro a cabeça e o encaro, indignada. Poxa, é a minha honra que está em jogo aqui. Bom, não que eu tenha uma honra a defender, mas né, ele poderia ao menos tentar se explicar e dizer que não aconteceu nada e essas coisas que homens costumam falar.

– Dormiu bem? – ele questiona e, em choque, não respondo.

– Olha, ela estava dormindo como um anjo, então, pode relaxar. – Patty pega a minha mão e me ajuda a sair da rede e me desvencilhar do Thiago. – São sete da matina, logo a mulherada começará a sair dos quartos.

– Será que alguém viu? – sussurro a pergunta.

– Preocupe-se com isso depois.

O Thiago se senta e alonga os braços acima da cabeça. Gira o pescoço nas laterais, sem muita pressa ou qualquer sinal de apreensão. Gente, como esse cara é tranquilo.

– Eu preciso ir – aviso. – Obrigada pela companhia noturna.

– Sempre que quiser – ele diz, mas não é num tom sedutor ou com duplo sentido. – Vejo vocês mais tarde.

– Até mais, doutor. – Patty se despede e me puxa com força.

Praticamente trotando de volta ao quarto, Patty pisa duro e não estou entendendo o motivo de tanto alarde. Ok, ela não sabe exatamente o que rolou ontem, portanto, deve estar puta com a minha falta de diálogo. Sinto que discutiremos nossa relação assim que a porta da suíte for fechada atrás de nós.

Dito e feito.

– Porra, eu não acredito que estava me escondendo coisas, Clara! – ela declara, visivelmente irritada. – Você dormiu com o cara!

– Não é nada do que você está pensando – rebato. – Pare de dramatizar e me ouça.

– Ah, claro, vai dizer que o cara é só um caminho e bláblábla. Eu vi, ninguém me contou, sua ingrata.

– Patty, sente aí e me escute antes de julgar, beleza?

Com uma cara de assassina, ela finalmente se senta e cruza os braços. Bate um dos pés no chão de forma cadenciada e nem me abalo com a cena. Conto todos os detalhes da noite passada, incluindo a tal visualização modificada e o efeito posterior. Noto que seus ombros relaxam e ela desfaz o semblante matador. Os braços caem no colo e ela ri de si mesma, ou de mim, não sei dizer.

– Não aconteceu nada fisicamente? Só na sua imaginação e, pelo visto, na dele? – Ela parece inconformada. – Gata, nem sei o que dizer.

– Viu? Não condene antes da sentença, sua louca.

– Por que não fez o que deveria ter feito? – Ela se levanta e questiona, indignada.

– Voltar para o quarto?

– Não! Transar com o médico bonitão que está de quatro por você! – Ela atira, sem dó ou piedade. – Virou freira, filha?

– Eu já expliquei, não vou ficar repetindo. – reclamo. – E você entendeu o meu ponto de vista.

– É, entendi. – Ela dá de ombros. – Aqui no spa não pode rolar nada às vistas dos outros, não pegaria bem. Mas, gata, vocês poderiam ter ido para o consultório dele, para a cozinha ou, quem sabe, me expulsado do quarto. Eu cederia, numa boa.

– Patty...

– Ok, eu já disse que entendi.

Sento ao lado da Patty me sentindo um tanto fracassada. Suspiramos juntas e coexistimos nesse tempo-espaço sem dizer mais nada que preste. Ela bate o ombro no meu e eu revido e, depois, começamos a rir do nada e de tudo.

Afe, efeito retardado é foda.

48

PELO VISTO, NINGUÉM FICOU SABENDO DA MINHA NOITE AO AR LIVRE. NENHUM OLHAR INQUISIDOR, NENHUM COCHICHO, NEM RISADINHAS ABAFADAS. UFA, MINHA HONRA ESCAPOU ILESA E A DO MÉDICO DELICIOSAMENTE SEDUTOR, TAMBÉM.

No restaurante, encho o prato com uvas e pego um iogurte com granola. O café preto e sem açúcar só é servido no final e a medida é controlada. Segundo a nutricionista, bebidas estimulantes não são bem-vindas no nosso tratamento. Ah, cara, preciso subornar alguém por mais uma dose de cafeína.

Sento de frente para a Patty e ela se deleita com uma tapioca recheada de queijo branco. Lambo os dedos e remexo no iogurte, pensando que o bacon frito é comida do demônio.

Patty rouba um cacho de uva do meu prato e rompe o silêncio, sussurrando o absurdo:

– Será que ele ficou excitado na rede?

– Shiuuuuuuuuuuuu!

– Gata, se ele arfou, estava excitado. – Ela ri e chupa a uva como se fosse... bem, você entendeu.

Só de imaginar a possibilidade, sinto uma energia muito doida percorrendo as minhas pernas. Que merda, como posso focar no meu autoconhecimento espiritual com os hormônios gritando desse jeito?

– Patty, eu vou sucumbir. – Meu olhar é atraído para fora e leva o da Patty junto. Ela vê o que eu vejo.

– Cara, isso é provocação – ela avisa.

Thiago está vestindo uma sunga branca e preciso me conter quando a mulherada percebe o fato e começa a assobiar e a gritar e a fazer coisas que mulheres à beira do desespero costumam fazer quando um cara altamente gostoso dá um mole desses.

Se ele ouviu ou não a algazarra, são outros quinhentos. Mergulha na piscina semiolímpica e ergo o corpo para assistir ao espetáculo, assim como toda a ala feminina.

As braçadas dele são vigorosas e perco o ar quando ele chega do outro lado e faz a volta sem parar de nadar. Desisto do café da manhã, acho que a fome foi sugada por um buraco negro.

– Puta que pariu, imagine esse homem pegando você de jeito. – a filha da mãe da Patty murmura esse absurdo ao pé do meu ouvido. – Gata, isso sim é dharma.

– Patty, eu tô fodida – choramingo.

– Ainda não, mas se Deus quiser, ficará.

49

ESTOU SEM BACON FRITO. SEM CHOCOLATES.
SEM MEU LITRO DIÁRIO DE CAFEÍNA. SEM SEXO.
OK, UNIVERSO, PODE MANDAR O APOCALIPSE PORQUE
ESTOU PRONTA PARA O DERRADEIRO E DRAMÁTICO FIM.
QUEM EM SÃ CONSCIÊNCIA SOBREVIVE A ISSO?

Na aula de meditação, só penso em sexo e comida.

Na aula de yoga, sexo e comida.

Na aula de hidroginástica, mais sexo e comida.

Puta merda, desse jeito não chegarei sã ao final da jornada. Estou a ponto de surtar e, antes que aconteça o cataclismo, resolvo dar um tempo e me sentar no gramado de sempre.

Respiro profundamente e peço ao Deus interior que assuma o comando, porque sério, a coisa não vai prestar se eu continuar à frente desse corpo e dessa mente insana. Inspiro. Seguro. Expiro.

– Clara?

– Se tem amor por sua vida é melhor sair correndo.

Thiago senta-se ao meu lado, sem se dar conta de que meu

aviso foi muito sério. Mantenho os olhos fechados e a postura zen que aprendi nas aulas de meditação. Ouço um barulhinho de plástico metalizado e fico megacuriosa.

– Bom, então não vai querer provar essa alfarroba que descolei na cozinha.

Abro os olhos de imediato e procuro. Thiago segura uma embalagem brilhante, chamativa, tão lindinha! Minha boca saliva com a possibilidade de comer algo fora do horário estipulado que, por acaso, tem um sabor próximo ao chocolate.

– Disseram que você está distribuindo porradas gratuitamente hoje e está culpando a sua generosidade por isso – ele observa, divertindo-se. – Talvez essa alfarroba possa ajudar.

– Você é masoquista? – retruco, não querendo dar o braço a torcer. – Na boa, é melhor se mandar.

– Estou indo. – Ele abre a minha mão com delicadeza, mesmo eu fazendo força para que ela permaneça fechada. Quando finalmente desisto de lutar, ganho uma alfarroba de presente. – Coma devagar, saboreie. Vejo você mais tarde.

E então ele simplesmente se levanta e some das minhas vistas.

Como não amar esse cara, hein?

50

QUEM DIRIA QUE UMA ALFARROBA
SALVARIA O DIA, NÃO?
O FATO É QUE SALVOU MESMO, MEU HUMOR
MUDOU DA ÁGUA PARA O VINHO. PUTZ, EU DARIA
QUALQUER COISA POR UMA TAÇA DE LAMBRUSCO
AGORA MESMO. CLARA, PARE DE PENSAR
EM BESTEIRAS E FOQUE NA SUA MELHORA, PÔ!

Focando em três, dois, um... Pronto, estou bem. Nada me falta, essa porra toda é só uma ilusão. Não preciso de cafeína, nem de chocolates, nem de bacon, nem de álcool, nem de sexo. Ah, que mentira, preciso sim e quero tudo isso tipo, agora!

Ah, Deus interior, materialize aí, vai!

Nada se materializa e caminho tristemente até o consultório do médico gostoso até dizer basta. Os pelos do tórax dele são dourados, conferi o material quando ele saiu da piscina todo molhado e se secou com uma toalha felpuda que arrancou as amídalas das bisbilhoteiras de plantão. Eu, inclusive.

Que desaforo, viu. Bato à porta e entro, como de costume. A sala não está arrumada para a sessão e encontro o Thiago parado em frente à janela, olhando para o jardim lá fora. Ele não se dá conta da minha presença e pigarreio.

– Sente-se, Clara – ele pede, sem nem olhar para trás. Oh, céus, será que fiz alguma merda além das costumeiras?

Estou sentada e aguardando um pronunciamento qualquer. De repente, fico ansiosa além da conta e me pego roendo as unhas de nervoso. Coloco ambas as mãos embaixo das coxas e não me permito roer mais nada.

– Thiago, está tudo bem? – questiono, intrigada com a demora.

– Hein? – Ele parece finalmente ter aportado em terra firme. – Está tudo bem.

– Por um instante pareceu que você não estava aqui – comento.

– E não estava – ele força um sorriso breve e toma assento à minha frente. – Hoje faremos uma avaliação do seu avanço.

– Nada de terapia? – Ele faz que não com a cabeça. – Poxa, eu estava preparada psicologicamente para a tortura.

– Amanhã retomaremos, não ficará livre tão cedo. – Thiago remexe num bloco de anotações e pesca uma caneta no bolso da camisa engomadinha. – No geral, como está se sentindo? Vasculhe bem o seu interior e não me esconda nada.

– Você sabe que estou num mau humor lascado. Até me deu um troço que parece chocolate, lembra?

Ele anota qualquer coisa no papel e, sem me fitar nem nada, refaz a pergunta:

– Certo, qual o motivo do mau humor? Consegue nomear?

– Devo ser honesta? – Ele suspira e compreendo a deixa. – Ok... Estou sentindo falta de algumas coisas do meu cotidiano.

– Tipo?

– Tipo cafeína em doses cavalares, álcool moderado só para relaxar, bacon frito do demônio no café da manhã, chocolates nos intervalos e... – Ops, melhor parar por aqui.

– E?

– Meus hormônios não estão colaborando, é isso. – Ah, ele é médico, que se dane o que vai pensar. – É TPM, com certeza.

Ele faz anotações e mal olha na minha cara. Poxa, isso está ficando esquisito, meio nebuloso até. O clima está pesado e não sei bem o motivo. Antes que eu resolva que não tem nada a ver comigo e não é da minha conta, faço a pergunta:

– O que está pegando aqui, Thiago? É alguma coisa comigo?

Ele solta a respiração com um som desconhecido para mim. É um bufar, seguido de um pesar, com uma pitada de irritação desmedida. Nossa, ele é humano, afinal. Mas, e aí, a coisa é comigo ou não?

– É e não é, Clara. – Ele fecha o bloco com um baque. – Acabei de saber que a Mariana, ex-noiva do Rafael, dará entrada amanhã e ficará hospedada por quatro dias. O pacote dela já está pago e não posso fazer nada com relação a isso. Ela é uma pessoa legal, mas, quando se trata do Rafael, fica completamente louca. Não acho que a Mariana saiba que você está aqui, mas, se descobrir, o embate é inevitável.

Cacetada, mas que merda!

– Eu nem sei o que dizer, Thiago.

– Daremos um jeito nessa bagunça, mas eu precisava avisar você.

– Eu sinto muito – lamento e meus olhos lacrimejam sem aviso. – Eu só me meto em roubadas e sempre culpei a Lei do Carma pelo fato. Se eu atraio esse tipo de situação, sou a única responsável, certo?

– Por esse motivo o universo guiou você até aqui, para acabar com esse padrão de uma vez por todas.

51

DEPOIS DA CONVERSA COM O THIAGO, PASSEI PELA PSICÓLOGA E AGORA ESTOU DE BOBEIRA ESPERANDO A PATTY CHEGAR DA AULA DE BOXE. ELA ANDA MUITO ANIMADA COM OS SOCOS E CHUTES QUE ESTÁ DESFERINDO EM UM SACO DE PANCADAS. EU REALMENTE DEVERIA TENTAR.

Como a minha amiga está demorando, aproveito para escutar a limpeza de vinte e um dias do Arcanjo Miguel. São sete minutos muito proveitosos e as frases entram no meu corpo não pela mente, mas pela aura. Não sei como, só sei que assim é.

Quando a locução termina, desligo o computador e checo as mensagens no celular, andando de um lado a outro da suíte. Percebo uma de número desconhecido e acho o fato estranho. O rosto dele carrega um sorriso largo, cheio de dentes predadores. Mas como ele conseguiu o número do meu celular?

Clico na mensagem e a respiração é imediatamente cortada quando leio o conteúdo:

"Clara, case comigo."

Num timing digno de Hollywood, Patty entra no quarto toda suada e com um sorriso satisfeito de orelha a orelha. Ela solta a toalha de rosto no chão quando me vê petrificada e sem respirar.

– O que houve? Cara, você está branca! Vai desmaiar? – Ela abre o frigobar e tira de lá uma garrafa d'água. – Gata, fale comigo!

– Patty, estão de sacanagem com a minha pessoa. Porra, não é possível! – Jogo o celular sobre a cama e desabo na cadeira próxima à bancada de trabalho. – Primeiro a ex-noiva do Rafael. Agora essa porcaria de carma chamada Miguel. Puta que pariu, eu vou acabar cortando os pulsos!

A Patty coloca a garrafa sobre a bancada, gira a minha cadeira na sua direção e fixa os olhos de cor indefinida nos meus. Está aguardando as minhas explicações e estou com preguiça até de existir, quanto mais falar sobre o que está rolando nessa *fucking life*.

– Estou esperando, gata.

– Patty, alguém está se divertindo às minhas custas. Meus espíritos obsessores estão rolando nessa cama aí, se matando de rir. E eles podem, né, porque já estão mortos e não posso nem me vingar.

– Esqueça os obsessores, eles não sabem o que fazem. Anda, fala logo.

Respiro fundo e despejo a merda toda. Conto sobre a Mariana e a possibilidade real de um confronto, a reação do Thiago com tudo isso, a conversa com a psicóloga e, por fim, o pedido de casamento de um perturbado Miguel.

– Pense pelo lado positivo, pelo menos alguém quer se casar com você.

Eu deveria rir da afirmativa, mas o fato é que só quero chorar.

– Ok, não faça drama, você precisa de um abraço. – Ela me arranca da cadeira e me laça em um abraço apertado e suado.

– Pô, você está esfregando esse suor em mim, cachorra. – Rio e choro ao mesmo tempo.

– Au, au. – Ela não me larga.

– Ah, Patty, eu joguei pedra na cruz e dancei hula-hula, tenho certeza – choramingo.

– Bom, já sabemos que a Lei do Carma pode ser quebrada, portanto, logo sairemos dessa vibe do mal. Jesus há de perdoar sua dancinha ao pé da cruz.

– Amém, poxa.

– Amém vezes um milhão.

52

Após o jantar, resolvemos participar do pôquer na sala de jogos. Não há dinheiro envolvido, mas, sim, algo muito melhor: vale-café e vale-sobremesa. Hm, são boas moedas de troca, essa mulherada é muito criativa.

Não estou no clima e acabo perdendo meu café e sobremesa do almoço de amanhã logo na primeira rodada. Como não quero apostar o jantar, resolvo que já deu por hoje. Fico por ali, conversando com quem também não está a fim de perder mais nada. Já a Patty, rapelou três cafés e duas sobremesas. Bom, ela não precisa emagrecer nem um grama, então está no lucro.

A mulherada adora falar sobre homens. O cara da vez é o instrutor de boxe. Ele não é tão bonito quanto o Thiago, mas tem um corpo fenomenal, tenho que concordar. Apesar de o papo estar engraçado, resolvo dar uma volta para espairecer.

Saio de fininho, para que ninguém perceba. Caminho a esmo e acabo me dirigindo para o local de sempre. Ajeito o vestido e sento sobre o gramado. Fico ali, coexistindo, fazendo um enorme esforço para não pensar em nada negativo. Difícil, hein?

Levo um susto quando Thiago aparece por ali, tanto que dou um salto no lugar. Ele percebe e sorri, desculpando-se a seguir. O que ele está fazendo por aqui ainda? É tipo um *workaholic* maluco?

– Cara, não chegue assim de mansinho – repreendo Thiago. – Vai dormir aqui de novo?

– Está formando uma tempestade e já está tarde.

– Certo. – Meu olhar vagueia e não me fixo em nada em particular. Depois de algum tempo, acabo comentando: – Um carma do mal me pediu em casamento pelo whatsapp. Sofri muito na mão daquele galinha. Nos reencontramos anos depois e ele jura que mudou, mas é mentira. – Faço uma pausa curta e arremato: – O cara precisa ser muito foda para conseguir mudar, não acha?

– Acho possível que as pessoas mudem, Clara. Quanto mais consciente você fica, mais a mudança se torna inevitável. – Ele respira fundo. – Mas um homem que pede uma mulher em casamento pelo whatsapp, me desculpe, esse cara é um idiota.

Não me seguro e dou uma gargalhada dessas que refrescam o espírito. Thiago não diz nada, só aguarda que meu surto passe. Estou chorando de rir e, quando me recomponho, deito a cabeça em seu ombro simplesmente porque deu vontade.

Um de seus braços rasga o ar e me abraça, como na rede. Fecho os olhos e uma sensação de segurança vai se aconchegando ali. Arrepio quando sinto uma leve carícia no meu braço. É tão suave que poderia passar despercebida.

– Já respondeu ao pedido? – ele questiona, em um murmúrio.

– Não perderei meu precioso tempo com isso. É como você disse, o cara é um idiota.

53

– Já conheceu a horta orgânica? Thiago pergunta.

– Onde fica?

– Depois daquela cerca branca. – Aponta para um lugar além da ala dos quartos.

– Não andei por ali, nem sabia que o outro lado pertencia ao spa.

– Quer dar uma olhada?

– Não tenho nenhum compromisso inadiável. – Resolvo e me levanto com a ajuda dele.

Caminhamos pelo gramado até alcançarmos a cerca branca. Thiago abre uma portinhola e, do outro lado, apesar da parca iluminação, é possível enxergar a horta da qual ele falou.

Há uma estufa bem mais adiante e naquele local a iluminação é boa. Seguimos até lá e entramos no recinto com temperatura controlada. Thiago aponta para algumas folhas em fase de crescimento. Estão sendo regadas automaticamente nesse instante.

– Vocês produzem tudo o que é consumido? – pergunto.

– Infelizmente não. Mas eu gostaria que no futuro fosse assim.

– O que deu na sua cabeça para abrir um spa urbano?

– Bom, eu tenho uns sócios malucos cheios da grana que estavam loucos para investir em algum projeto ambicioso. Sozinho eu não conseguiria montar essa estrutura e as coisas simplesmente se encaixaram na hora certa. Eu sempre quis ter um espaço como esse, não me formei para trabalhar em clínicas médicas ou hospitais.

– Um médico metafísico, entendi perfeitamente.

Nesse instante, um raio rasga o céu de maneira fantasmagórica, iluminando tudo ao redor. O barulho ensurdecedor vem na sequência e chacoalha as estruturas da estufa.

– Caramba, esse foi perto – Thiago observa. – Vai começar a chover, é melhor voltarmos.

Saímos da estufa e iniciamos a caminhada de volta através da horta. Somos pegos no contrapé muito antes de alcançarmos a cerca. O dilúvio cai de maneira inesperada e fico ensopada em poucos segundos. Ouço um estrondo e, imediatamente, a energia elétrica é cortada.

Estamos no escuro.

E isso não vai prestar.

54

NÃO PODEMOS SIMPLESMENTE FICAR PARADOS NO MEIO DA HORTA ENQUANTO RAIOS DESPENCAM ALEGREMENTE DO CÉU COMO SE FOSSEM FOGOS DE ARTIFÍCIO. THIAGO SEGURA A MINHA MÃO E, A CADA RAIO, O CAMINHO SE ILUMINA PARA PROSSEGUIRMOS.

A terra virou lama e meu chinelo nada adaptado a esse tipo de terreno resolve escorregar para os lados. Thiago me segura como pode e resolve seguir na frente em um determinado ponto, sem soltar a minha mão.

Sigo-o bem de perto e nem isso é capaz de tornar o meu chinelo antiderrapante. Antes que eu me esborrache no chão, acabo agarrando-o pela cintura e ele se detém. Estou com o corpo colado às suas costas, abraçando-o para não cair, como se estivesse de patins numa pista de gelo. Nunca aprendi a me equilibrar em patins e sou imensamente frustrada por esse motivo.

Noto que a respiração dele está alterada e não sei se é pelo excesso de água no rosto ou a minha aproximação além do limite.

A chuva é torrencial e o barulho dos pingos sobre a estufa logo atrás é ensurdecedor. Sinto quando suas mãos tomam as minhas e colo a testa em suas costas para conseguir respirar sem engolir água.

Ele diz alguma coisa e não consigo distinguir as palavras. Um raio gigantesco e perigoso rasga o céu em dois e o caminho é novamente iluminado por alguns segundos. Cauteloso, Thiago dá alguns passos e para novamente.

Mais um raio e chegamos ao final da horta. A cerca está mais à frente, em torno de vinte passos. Nesse ponto, o local está alagado e, obviamente, meus pés atolam de maneira irritante.

Antes que eu pense em qualquer alternativa, Thiago me pega no colo como se eu não pesasse nada. Passo os braços em torno do seu pescoço e não enxergo nem um palmo à frente do nariz. Ele caminha vagarosamente e noto que faz um baita esforço a cada passo. Quando finalmente alcançamos a cerca, meus pés tocam o chão delicadamente.

Eu deveria desenlaçar o seu pescoço, mas não consigo. Há uma força maior me prendendo ali e não quero pensar sobre isso agora. O céu se ilumina uma vez mais e posso ver naquele semblante que a recíproca é verdadeira.

De súbito, suas mãos tomam o meu rosto e sou atirada em direção à cerca. Quando minhas costas atingem a estrutura, sua boca úmida se encontra com a minha, de maneira certeira.

Quando sua língua me invade, sei que estou perdida, entregue, vulnerável. Em outro contexto, eu ficaria temerosa diante de algo tão grandioso. Provavelmente, eu lutaria para sufocar os sentimentos que agora não estão mais sob controle.

Suas mãos escorregam pelas laterais do meu corpo e, quando chegam na altura exata, dou o impulso necessário para entrelaçar seus quadris com as minhas pernas. Ele pressiona o corpo contra o meu de maneira urgente e consigo sentir sua masculinidade latejando entre as minhas pernas.

Oh, céus, é impossível resistir a esse homem.

Suas mãos estão firmes na minha bunda – essa é a altura exata da qual falei anteriormente – e ele beija o meu pescoço desesperadamente, me deixando ofegante, completamente maluca.

Agarro os seus cabelos e ele pressiona ainda mais meu corpo contra a cerca, num movimento de vai e vem puramente instintivo. Estou sentindo um desejo insano, um troço tão explosivo que eu deveria estar com medo.

Não tenho medo do que virá.

Só tenho medo que ele pare.

55

O MÉDICO BONITÃO, TODO ESPIRITUALISTA E COM CARA DE BONZINHO, ESTÁ DIZENDO PALAVRAS ESCALDANTES AO PÉ DO OUVIDO. O SOM DA SUA VOZ, MISTURADO AO SIGNIFICADO DO QUE DIZ, ESTÁ CAUSANDO EFEITOS EMERGENCIAIS POR TODO O MEU CORPO.

Suas mãos escorregam pela minha pele úmida e, entre gemidos e sussurros, arranco a camiseta dele. Afundo as unhas naquele tórax levemente malhado enquanto sua língua investe mais fundo na minha boca.

Tento alcançar o zíper da sua bermuda, mas ele me impede.

– Não aqui, não assim. – Ele se alarma e eu até poderia compreender se não estivesse tão doida.

– Eu quero você aqui e assim – digo e desfiro uma mordida provocante no seu lábio inferior. – Prometo que depois aceitarei o seu convite para jantar.

Ele entende a deixa e ergue o meu vestido ensopado, colado ao corpo de maneira surreal. Com um malabarismo, arranca a vestimenta e mergulha a cabeça entre os meus seios, traçando contornos com a língua a ponto de me deixar descontrolada.

Finalmente alcanço o botão e o zíper da bermuda, enfiando minha mão ali dentro, arrancando dele um gemido de desespero. Ah, assim que eu gosto, tesão nível *hardcore*.

– Clara, me ajude a parar, estou sem camisinha.

Que merda! Jurei que nunca mais faria coisas sem camisinha, mesmo com uma aliança no dedo. Se eu não levar minha palavra a sério, quem levará? Ah, mas está tão bom aqui, tão excitante, tão incrivelmente gostoso.

– Meus exames estão ok. – Tento convencê-lo a não parar.

– Clara... – Não sei como ele consegue a proeza, mas invade a minha calcinha e eu surto geral. Não estou mais no controle e meu corpo implora pelo dele, literalmente falando. – Não conseguirei parar, me ajude.

– Cara, com as mãos aí, é melhor que você não pare ou despertará um monstro horripilante que vai aniquilar a sua vida.

É o que basta para ele fazer o que é necessário. Num movimento calculado, minha calcinha sai de lado e, antes que eu compreenda o que está rolando, sinto algo quente, grande e pulsante arrebentando todas as minhas proteções emocionais.

A cada investida eu me sinto morrer e viver, morrer e viver, morrer e viver. Essa fricção, esse som ofegante, os gemidos involuntários, os movimentos ritmados... tudo contribui para o inevitável.

E quando o êxtase do momento explode a realidade em milhões de pedaços, sinto a energia kundalini subindo pela espinha, como nunca antes havia experimentado. Diante de tal fissão nuclear, finco as unhas em suas costas e digo em voz alta o nome do meu dharma: ah, Thiago!

56

POR QUE O VISLUMBRE DE DEUS E DO PARAÍSO PRECISA SER TÃO RÁPIDO? POR QUE ORGASMOS MÚLTIPLOS NÃO SÃO ITENS DE SÉRIE EM TODAS AS MULHERES? APESAR DOS QUESTIONAMENTOS VERÍDICOS, ESTOU PLENAMENTE SATISFEITA E EXAUSTA.

A cena é a mesma, apesar do dilúvio ter se transformado em garoa e da luz elétrica ter voltado à ativa. Estou agarrada ao meu dharma, com a cabeça deitada sobre o seu ombro encharcado. As respirações ainda são ofegantes, mas os corações já batem num ritmo aceitável.

Os lábios dele pressionam o meu ombro desnudo e nada foi dito até o momento. Eu sei que perdemos o controle da situação, que não deveríamos ter nos envolvido, muito menos ido até o fim... Ah, que se foda tudo, eu adorei!

– Clara...

– Sei o que vai dizer e não estou a fim de ouvir – rebato, travando o maxilar.

– Eu perdi o controle, não estava raciocinando.

– Pare, por favor.

– Clara, você está em tratamento e sou o médico responsável.

– Thiago, se você continuar falando, juro por Deus que meto um tapa na sua cara. Cale a boca, me coloque no chão e me deixe ir.

Ele faz o que eu peço, exatamente nessa ordem. Encontro o vestido jogado no chão e está ensopado e sujo. Visto assim mesmo, lutando com o tecido. Thiago observa todos os meus movimentos e seu semblante não é dos melhores.

Quando finalmente me sinto vestida adequadamente, encaro-o levando as mãos à cintura. Quero dizer alguma coisa, qualquer merda que machuque pra valer. Não consigo, não posso.

Então, sem dizer nada mesmo, calço os chinelos lamacentos e tomo o rumo da portinhola que me levará de volta à realidade. Antes que eu pudesse dar o terceiro passo, ele me puxa pelo braço com certa violência.

Meu corpo bate contra o dele e sou arrebatada por um beijo desses vorazes, capazes de iluminar uma cidade inteira, tamanha a energia empregada. Ele não para e eu não quero que ele pare.

Estou entregue, frágil, escancarada. E sinto que a recíproca é mais do que verdadeira. Ainda assim, tenho forças para afastá-lo o suficiente. Thiago me encara, apreensivo. Não digo nada, afinal, o que há para dizer?

Numa frieza que não me pertence, viro as costas e saio dali o mais rápido possível.

57

APESAR DE O MEU NOME TER SIDO CHAMADO UMAS TRÊS VEZES, NÃO FIZ MENÇÃO EM PARAR OU VOLTAR. BATI A PORTINHOLA COM FORÇA E O RECADO FOI DADO. FIZ UM BAITA ESFORÇO PARA CHEGAR AO QUARTO E, PELO QUE PERCEBI, NÃO FUI SEGUIDA.

Agora, de banho tomado, com uma toalha felpuda na cabeça, choro no colo da Patty. Ela acaricia a minha testa enrugada e escuta toda a minha história com uma paciência sem tamanho.

Quando termino de contar, trinco os dentes com a raiva que sinto. Patty entra com palavras de consolo, ditas entre sorrisos compreensivos e, por incrível que pareça, ela ainda não surtou com o meu dramalhão.

– Clara, não precisa desse drama todo. – Ops, falei cedo demais. – Gata, você viveu uma cena clichê de um filme proibido para menores de dezoito anos. Tem noção de quantas mulheres adorariam estar na sua pele?

– Você entendeu o problema – digo, entre soluços.

– Sim, entendi, mas esse seu chororô é desnecessário. – Ela faz uma pausa e respira. – Clara, o mais sensato seria vocês se afastarem até o final do seu tratamento. Faltam só quatro dias, não é nada tão absurdo.

– Ele está se culpando, tenho certeza disso – choramingo.

– Aí é problema dele, não acha? Quando um não quer, dois não aprontam. E gata, no final ele puxou você para um beijo ardente, quer maior demonstração do que essa? Ele não se arrependeu, fique tranquila.

– Não sei o que foi aquele beijo.

– Ele quis dizer que, apesar da relação médico-paciente ter ficado abalada, está realmente interessado em você. Qual a dúvida?

– Tenho milhões delas. Dúvida é meu nome do meio, sabia?

– Não confia no seu taco? – Patty questiona, incitando.

– Porra, eu deixei o cara louco.

– Então pronto! Pare de mimimi e reveja a cena debaixo do dilúvio por toda a madrugada. Gata, depois do que me contou, acho que nem eu conseguirei dormir.

58

NÃO CONSIGO DORMIR.
NEM TENTEI CONTAR CARNEIRINHOS, NEM FAZER
MANTRA, NEM TROCAR O TRAVESSEIRO,
NEM BARGANHAR COM DEUS, NADA DISSO.
MEU EMOCIONAL ESTÁ LIGADO EM 220 VOLTS
E HÁ UMA ANGÚSTIA CRESCENTE SOMANDO-SE
A UMA ANSIEDADE ALÉM DOS LIMITES ACEITÁVEIS.

Patty está no décimo sono e sou sorrateira o bastante para que ela não perceba a minha saída do quarto. Visto um moletom por cima da camisola e, quando coloco o pé na varanda, percebo que a chuva ainda cai, tão fininha que mal chega a molhar.

Caminho apressada com o gorro do moletom na cabeça. São duas da manhã e não há viva alma acordada. Sei para onde quero ir, só não sei se devo. Ou talvez, a frase soe melhor ao contrário: Sei para onde devo ir, só não sei se quero.

Há um embate forte rolando na minha cabeça. O certo seria eu permanecer no meu quarto, na cama quentinha, em segurança.

Mas não sou mulher de deixar para amanhã o que posso fazer agora. Vou direto ao consultório do Thiago. Paro em frente à porta e o conflito armado está longe de ter um fim. Minha mão direita está na maçaneta, mas não consigo efetuar um simples movimento de girar o troço. Estou travada.

– Estava esperando você chegar. – Como assim a voz dele está às minhas costas? Não me viro, não ainda. – Comecei a pensar que não viria.

– Não sei deixar coisas importantes inacabadas, Thiago. – Só então giro o corpo para olhá-lo. Está com uma xícara fumegante em mãos. – O que é isso? – aponto.

– Chá de camomila. Quer?

– Não tem whisky?

– Venha, Clara, vamos até a cozinha. – Ele me estende a mão e não a pego.

– Você na frente, por favor.

Ele suspira e acaba seguindo na frente. Aquela bunda enlouquecedora está lindamente envolta por um tecido mais fino que moletom. A camiseta branca é do tipo justa, o que deixa os músculos do braço à mostra. Sou obrigada a chacoalhar a cabeça e mudar o foco para não surtar.

É a primeira vez que entro na cozinha.

O lugar é espaçoso, cheio de eletrodomésticos de última geração. Tem uma bancada gigante no centro do espaço e me sento em uma banqueta alta. Tiro o moletom e aguardo o chá.

Thiago me serve numa xícara com arabescos delicados. A bebida dourada está quente e solta nuvens fantasmagóricas formando pontas circulares como os desenhos que enfeitam a cerâmica.

Bebo com cautela e o chá desce queimando. Deixo a xícara no pires e aguardo que a temperatura atinja um ponto aceitável.

Ajeito os cabelos atrás das orelhas e não sei como começar a conversa. Sendo assim, inicio com uma pergunta:

– Por que não veio me procurar? – Não tiro os olhos do chá.

– Você estava puta da vida, eu só pioraria a situação.

– Tem razão. – Assopro a fumaça e ela traça desenhos interessantes no ar. – E eu continuo puta da vida.

– Acho que está mais calma agora. – Ele observa e toma assento ao meu lado.

– Talvez.

Finalmente tomo coragem e olho para ele. Os olhos claros me observam como se eu fosse algo muito precioso. Sinto que ele quer me tocar de alguma forma, mas não o faz. A respiração dele parece sôfrega, mas não tenho certeza de nada.

– Eu provoquei. – Admito a culpa pelos últimos acontecimentos.

– Cinquenta por cento da responsabilidade é minha. – Thiago assume e sinto um peso sendo retirado das costas no mesmo instante. – Clara, não posso mais atendê-la.

– É, eu imaginei isso – digo, triste.

– Mas eu preciso que você continue com todas as outras atividades. É para o seu bem.

– Você não pode simplesmente ser profissional nas nossas próximas consultas? – questiono. – São só quatro sessões e fim.

– Estou emocionalmente inapto a lidar com você profissionalmente – ele diz, num fio de voz.

– Que seja sem ser profissional então. Patty é minha amiga, está envolvida emocionalmente, mas consegue me ajudar sempre que necessário.

– É diferente. – Thiago observa e beberica do chá.

– Eu não quero parar o tratamento com você. Não é justo. – Faço uma pausa tensa e finalizo: – Podemos ao menos tentar?

Ele entra numa espécie de estado meditativo. Deve estar ponderando os prós e contras, fazendo um balanço da situação. Meu chá já esfriou e bebo o conteúdo da xícara em cinco goladas.

– Clara, eu serei frio e calculista. Está preparada psicologicamente para lidar com isso?

– Quão frio e calculista? – indago, temerosa.

– Extremamente profissional e distante.

Droga, será que vou dar conta disso? Não quero parar o tratamento e serão só mais quatro sessões. Já lidei com homens perversos, arrogantes, presunçosos, egoístas, mesquinhos, distantes, frios... ok, acho que consigo.

– Quero tentar – decido.

– Se você sentir que não dará conta, preciso que me avise – ele pede, preocupado.

– Já passei por coisas piores, seu distanciamento não irá me derrubar – aviso, segura de mim. – E quando o tratamento acabar?

– Não podemos falar sobre isso agora se você me quiser como seu médico.

– Vai me deixar no vácuo? – questiono, angustiada.

– Tem certeza de que está apta a lidar com isso, Clara?

– Estou progredindo, Thiago. Não quero e não posso parar com o tratamento de forma tão brusca.

– Concordo. – Ele morde o lábio, incerto.

– Profissional e distante, é isso? – Estendo a mão como sinal de um acordo em andamento.

Thiago observa minha mão no ar e demora a tomar uma atitude. Noto que engole em seco e, antes que eu desista do trato, ele resolve unir sua mão à minha, finalmente selando o nosso pacto.

Feito isso, empurro a banqueta e jogo o moletom nas costas, agradecendo pela xícara de chá. Thiago se levanta e noto uma inquietude quando ele muda o peso de uma perna para a outra, comprimindo os lábios e enrugando a testa.

– Você não está confortável com a decisão – observo.

– Você também não – ele aponta.

– Vamos tentar ainda assim – finalizo.

Sem saber ao certo que rumo tomar ou como me despedir de forma fria e distante, miro o chão e faço a mente calar a boca. Nesse momento, o coração surge em cena e me pede calma e gentileza. Diante do desafio, ergo o olhar e faço as palavras saírem da boca:

– Tenha uma boa noite, Thiago.

– Você também, Clara.

59

SE EU ESTIVESSE NARRANDO A ANTIGA CLARA, PROVAVELMENTE A CENA TRANSCORRERIA COM A MINHA PESSOA DRAMÁTICA E MIMADA CORRENDO E CHORANDO A CAMINHO DO QUARTO. MAS, DE ALGUMA FORMA SOBRENATURAL, MINHA POSTURA NA ATUAL CONJUNTURA É DE UMA MULHER ADULTA E BEM RESOLVIDA.

Sendo assim, caminho a passos firmes e decididos para a suíte. E sem lágrimas de mimimi envolvidas. Chega de sentimentalismo barato, cansei dessa palhaçada.

A Patty está no milésimo sono e procuro fazer o mínimo de ruído possível. Deito na cama e repasso a conversa com o doutor guru bonitão dos cabelos ensolarados e do olhar profundo. Nem entrarei nos outros méritos, porque, né, não sou masoquista. Eu era, confesso, mas não sou mais.

O sono tenta se aproximar, mas a mente continua em um processamento avançado. Faz upgrades, tem insights, registra momentos importantes, grifa palavras-chave e arquiva tudo na gaveta Thiago com uma etiqueta decorada por arabescos.

Acho que cochilei e nem sei quando aconteceu. Já é manhã de sábado e não demoro muito a me dar conta de que hoje o Davi chegará, juntamente com a Mariana. Também tenho sessão com o médico frio e distante no período da tarde. O apocalipse está prestes a acontecer e não me permito surtar antes da hora. Levanto, sigo a rotina como se deve, visto a roupa de combate e saio para a luta.

A Patty me segue de perto e, apesar dos seus questionamentos, me finjo de morta. Não estou a fim de conversar agora, nem de contar sobre o papo cabeça e difícil na madrugada.

– Você está muito estranha. Sério, está me dando medo – ela opina e me observa.

– Estou de boa, relaxe.

– Gata...

– Tenho massagem agora. No almoço conversamos, prometo.

Sigo para a massagem e faço yoga na sequência. Quando a aula termina, vejo o Davi e a Patty ao longe, num amasso desses de causar inveja em qualquer um que não tenha um amor e uma cabana. Bem, só um amor para mim já está de bom tamanho. A cabana nós compramos depois.

60

O DAVI ESTÁ NA PISCINA COM A PATTY FAZENDO AULA DE HIDROGINÁSTICA. MINHA MEDITAÇÃO ACABA PARA QUE EU APRECIE ESSE MOMENTO HILÁRIO. ELE EXECUTA OS MOVIMENTOS DE UM JEITO MUITO ENGRAÇADO E TRANSFORMA A AULA EM UM CIRCO.

Sem querer, meus olhos são atraídos para o restaurante e, naquele local, vejo o Thiago conversando com uma morena alta e, aparentemente, muito gata. Os cabelos dela são longos, ondulados e brilhantes, como propaganda de shampoo. O corpo é malhado à exaustão e sei disso porque ela usa um top escandaloso, juntamente com uma bermuda ciclista que desenha suas curvas de maneira poderosa.

Num dado momento, ela toca o rosto dele e começa a rir como uma péssima atriz faria. Meu espírito se remexe, enciumado. Só então minha mente liga a propulsão atômica e eu me dou conta de quem se trata.

Ah, puta que pariu, é a Mariana!

Engasgo com o ar e atrapalho a aula de meditação. Peço desculpas e me ergo num salto, afastando-me o mais rápido possível de tudo e todos. A mente entra num turbilhão caótico e meu peito parece querer explodir, jogando para fora sentimentos conflitantes e nada saudáveis.

Busco meu recanto de paz nesse spa. Preciso me acalmar com urgência ou terei um troço. Sento sobre o gramado, cruzo as pernas e fecho os olhos, pedindo ao Deus interior que faça um trabalho decente comigo. Não posso surtar, por favor, alguém me ajude!

Apesar do silêncio exterior, estou gritando por dentro. É como um big bang acontecendo bem aqui e agora, num lugar invisível aos olhos de qualquer observador. Emito um som de OM conforme me foi ensinado nas aulas de yoga. Segundo consta, esse é o som do universo em expansão, é a música primordial do vazio em criação, é o tom de Deus em ação.

O OM causa um efeito calmante, como uma dose de morfina. Uma sensação de paz começa a distribuir cotoveladas por onde passa, afastando os sentimentos negativos e calando a voz do meu ego em conflito.

– Clara?

Droga, droga, droga.

– O que está fazendo aqui? – pergunto, engastalhando as palavras.

– Você está bem?

– O que quer?

Não abro os olhos e mentalizo o OM, sem dizer em voz alta. Percebo a aproximação e Thiago toma assento ao meu lado, tocando o meu braço sem pedir permissão. Porra, cadê a frieza e o distanciamento, hein?

– Você está à beira de um ataque de nervos, posso sentir no seu campo vibracional – ele diz e seu tom denota preocupação.

– Estou cuidando disso e estava me saindo muito bem até você vir atrapalhar.

– Não tenho consulta agora, posso ajudá-la.

– Não preciso, obrigada.

– Não seja teimosa – ele rebate e parece irritado com a minha falta de colaboração. – Aplico um Reiki e você ficará mais calma.

– Eu estou calma. – Rosno, entredentes.

– Nossa, imagine se não estivesse?

– Vá se ferrar.

– Você me nomeou como seu médico até o fim do tratamento, portanto, fará o que eu mandar. – Ele segura firme o meu braço e me ergue, sem qualquer delicadeza. – Está sendo infantil, Clara.

– Me deixe em paz, ok? – repreendo e o empurro com mais força do que deveria. – Nossa consulta é daqui duas horas.

Ele está ofegante e eu também. O atrito é visível, a raiva é palpável, o embate é iminente. Eu forço um autocontrole inexistente e o Thiago alisa os cabelos para trás de maneira nervosa.

– Quer mesmo medir forças comigo? – Ele estreita o olhar e atira. – Farei você passar vergonha.

– Do que está falando? – rebato, injuriada.

– Venha comigo por bem ou por mal. Você escolhe.

– Não vou a lugar algum com você – retruco, indignada.

– Você pediu.

Dito isso, ele faz algo inaceitável e completamente inesperado. Me agarra pelas pernas e me joga sobre o ombro direito, como se eu fosse um saco de batatas ou uma mulher da época das cavernas.

– Se você gritar ou se debater, direi que está louca e precisa de uma camisa de força, entendeu?

– Me larga, Thiago. – Ergo a cabeça e parece que ninguém está prestando atenção em nós. Estamos a uma certa distância da piscina e das aulas que acontecem do lado de fora. Se eu gritar, pagarei o maior mico de toda a existência. – Para onde está me levando?

Ele não responde e caminha para a parte lateral do spa. Dou um soco forte o bastante em suas costelas e ele se curva levemente, mas não reclama. Desfiro mais socos e nada.

Quando sumimos das vistas de qualquer pessoa, ele me coloca no chão de maneira nada gentil. Estou bufando e rosnando e acho que posso ladrar e morder a qualquer instante.

– Se acalme! – ele brada, furioso.

– Eu quero matar você – grasno.

– Tente. – Ele me chama para a briga e eu recuo, totalmente bestificada. – Venha! – Faz gestos clássicos de "venha para o pau" com ambas as mãos. – Isso fará você se sentir melhor?

– Não me tente. – Mostro os dentes como um cão raivoso.

– Você é do tipo que ladra, mas não morde.

Ah, cara, ele não teve a coragem de dizer isso, teve? Sim, ele disse. O muro de contenção cai e eu parto para cima, numa selvageria desconhecida para mim. O ódio me cega e estou completamente fora de controle.

Não chego a atingi-lo com meus punhos cerrados. Thiago é mais rápido e bloqueia os golpes prendendo as minhas mãos no alto, me jogando contra a parede. Ainda me debato e tento morder, mas ele faz algo inacreditável.

Ele me beija.

61

É UM BEIJO FEROZ, QUE AMANSA A MINHA SELVAGERIA. É UM BEIJO DESESPERADO, QUE ME ACALMA. É UM BEIJO CHEIO DE SIGNIFICADOS, SEM QUE UMA ÚNICA PALAVRA PRECISE SER DITA. ELE ESTÁ DOMANDO A FERA QUE ESCAPOU DA JAULA, SEM USAR O CHICOTE OU QUALQUER OUTRO ARTIFÍCIO QUE ME MACHUQUE.

Quando nota que estou de volta ao controle das minhas emoções mais sinistras, o beijo se torna vagaroso, profundo. Com isso, ele alcança e desperta o meu coração, a minha alma. Sinto uma presença amorosa no corpo e a calma se instala em definitivo.

Uau, ele conseguiu deter o apocalipse.

Afundo a cabeça em seu peito quando me abraça mais forte. Apesar de estarmos arfando, a sensação é de que há uma bolha de proteção em nosso entorno, uma segurança que nunca vivi antes.

– Pare de brigar com você, Clara – ele sussurra. – Não deixe seu ego dominar desse jeito.

– Eu não sei o que me deu.

– Você vive numa dualidade destrutiva. Você é o próprio caos, você faz o seu inferno.

– Estou com medo da intensidade do meu ódio.

– A intensidade do seu ódio reflete a possível intensidade do seu amor. Opte pelo amor, só você pode tomar essa decisão.

– Você estava me guiando por esse caminho – pondero.

– Eu só posso guiar, não posso fazer por você.

– Me ajude, por favor.

– Estou aqui para isso. – Olhos nos olhos e vejo o meu reflexo estampado, como na visualização do espelho e da imagem na água. – Eu estou enxergando você, de verdade. – Ele acaricia o meu rosto e ficamos nos encarando, por tempo indeterminado. – Precisa confiar em mim um pouco mais.

– Me desculpe. – Fecho os olhos para fugir, mas ele percebe a minha artimanha.

– Não fuja.

Abro os olhos e vejo um sorriso singelo naqueles lábios inchados. Meu peito explode em sentimentos desconhecidos e gostaria de compartilhar a experiência, mas não é possível, não existem palavras para me expressar com exatidão.

– Seu coração acaba de se abrir e está emitindo uma luz rosácea na direção do meu peito. – Thiago elucida a coisa toda e meu olhar é de pura perplexidade. – Eu aprendi a enxergar além do véu, Clara.

– O que está querendo dizer exatamente?

– Que você acaba de derrubar a última barreira e finalmente encontrou o caminho do amor. Do seu amor. – O sorriso dele se abre e ele conclui: – Bem-vinda ao despertar, Clara.

62

– DESPERTAR? DO QUE ESTÁ FALANDO?
COMO ISSO É POSSÍVEL?
INDAGO TROPEÇANDO NAS PALAVRAS E ELE FICA ALI
SORRINDO, MEIO EXTASIADO COM O QUE QUER
QUE SEJA. PARECE ORGULHOSO COM ALGUM
ENTENDIMENTO QUE NÃO DIVIDE COMIGO E
O FATO EM SI COMEÇA A ME INSTIGAR A BUSCAR
EXPLICAÇÕES POR CONTA PRÓPRIA.

– Como pode concluir que despertei depois daquele ataque de ódio? – interrogo e não me dou por satisfeita, continuando: – A fúria insana precedeu a quebra de alguma barreira invisível, é isso?

– Suas conclusões são sempre excepcionais.

– Thiago, não seja tão vago.

– Não posso dizer mais nada agora, você encontrará as respostas no tempo certo. – Ele faz uma breve pausa. – Como está se sentindo?

– Muito bem – revelo.

– Que bom.

– Você me beijou – atiro, como se fosse uma pedra.

– E você parou de brigar e finalmente se abriu – ele arremata.

– Foi um movimento calculado. Não acredito que fez isso.

– Sabe que não é verdade. Por que duvida tanto, Clara? Essa sua desconfiança só faz mal a você.

– Como posso confiar depois de tudo o que passei na vida? Odeio ser ingênua, não suporto ser enganada – rebato, alterada. – E você simplesmente quer que eu dê crédito às pessoas? De que jeito?

– Você confiou em mim. – Ele observa e seu olhar se aprofunda. – Eu vi, ninguém me contou.

– Pelo visto, confiei no cara errado. De novo.

– Nada disso, você não confia em si mesma e no seu julgamento – ele retruca e seu semblante duro fecha o tempo. – Se abriu o seu coração para mim é porque sentiu confiança suficiente para tal.

– Você é duvidoso, sabia? – devolvo a pancada.

– Não, você é. Ainda assim, estou satisfeito com o seu progresso. Uma pena que seja tão teimosa, Clara.

– Não sou teimosa! – Agora fiquei irritada.

– Já fiz minha boa ação, agora preciso trabalhar. – Ele checa o relógio. – Vejo você daqui a pouco. E, por favor, vá desarmada.

Thiago gira nos calcanhares e caminha para longe, mas então algo o detém. Ele se vira para me encarar e seus lábios estão franzidos. Não me movo e aguardo o seu último pronunciamento:

– Você se fechou, de novo.

– Como sabe?

– Você é muito difícil, Clara.

– Thiago...

– Vejo você mais tarde. – Dito isso, ele sai pisando duro, me deixando sozinha.

Mas que droga!

63

Encontro com a Patty e o Davi
a caminho do quarto. Ambos sustentam
um semblante nada divertido e pressinto que
lá vem bomba. Patty se aproxima a passos
apressados e começa dizendo:
– A tal Mariana chegou.
– Eu vi – respondo.

– Ela cruzou com a gente, fomos apresentadas e notei que ficou intrigada. Quando esbarrar com você, fará as conexões certas.

– Isso é inevitável, Patty – lamento.

– Clara, posso conversar com ela. – Davi oferece. – A Mariana é inteligente, não acho que entrará em um confronto com você.

– Sabia que ela viria? – pergunto e Davi concorda com a cabeça.

– O Thiago me avisou – ele revela.

– Hm. O Thiago é tipo um super-herói, não? – debocho, ainda que de forma inofensiva. – É impressionante, ele sempre está um passo à frente.

– Algum problema com ele, Clara? – Davi une as sobrancelhas e acompanha minhas reações. Patty inspira e segura o ar nos pulmões, aguardando minha resposta.

– Nada não, só estava aqui fazendo suposições em voz alta. – Dou de ombros. – Preciso ir. Divirtam-se crianças. E Patty, não se esqueça da toalha na porta.

– Pode deixar, gata.

Tomo meu rumo a caminho da pesagem. Minha mente está esquisita, clara demais para ser verdade. Os pensamentos, que costumam tumultuar o pedaço sempre que estou desprevenida, se mantém sob controle e há uma leveza instalada que não sei como ou de onde surgiu.

Cruzo com a Mariana saindo do consultório da nutricionista. Ela me encara de cima a baixo e franze o rosto. Desvio o olhar somente para evitar qualquer tipo de confronto. Ah, Deus, me deixe quietinha só por hoje, beleza?

Ufa, a garota passou raspando no meu ombro, mas não disse nada. Nem boa tarde. Melhor assim, não sei como iria reagir se ela resolvesse tirar a história do navio a limpo justamente agora.

Entro na sala e a pesagem é rápida e indolor. Dois quilos e meio a menos para serem comemorados. Satisfeita, ouço os conselhos de nutrição com bastante otimismo e sigo para a próxima parada: consultório do Thiago.

Que eu permaneça serena e no controle absoluto.

Amém.

64

– Sente-se.

O tom é frio, monótono, distante. Tomo assento na poltrona de praxe e cruzo os braços, na defensiva. Viver entre tapas e beijos é até legal se você tem quinze anos de idade. Na atual conjuntura, estou ficando entediada. Ok, tenho culpa no cartório, mas enquanto eu não me livrar da Roda de Samsara, continuarei jogando toda a culpa no carma. E tenho dito.

Thiago não se senta e isso soa irritante. Caminha pela sala com os braços cruzados às costas. Tento permanecer inabalável, mas o fato é que estou louca por uma boa queda de braço.

Ok, eu sou duvidosa.

– Pensou sobre o que conversamos? – Thiago interroga, como se estivesse do outro lado de uma ponte.

– Antes ou depois do beijo arrebatador? – provoco.

– Profissionalismo, Clara – ele repreende.

– Deveria ter pensado nisso antes de me agarrar daquele jeito.

– O que eu deveria fazer? Dar uns tapas na sua cara? – Ele começa a se irritar.

– Faria isso? – instigo.

– Clara, pare.

– Ok, parei. – Jogo as mãos para o alto em sinal de rendição. – O que faremos hoje, doutor?

– Absolutamente nada. – Ele estressa. – Você está dispensada.

– Como é? – Ergo-me da poltrona, alterada.

– Não vou atendê-la com esse tipo de postura. – Ele chuta algo invisível no chão. – Começo a acreditar que é perda de tempo, sabe?

– Não sou um caso perdido! – retruco, irada.

– Eu também achava isso.

– Não pode desistir de mim assim – resmungo.

– Esse é o problema. Você quer briga, luta, provas... E tudo isso porque não consegue confiar. O que a sua intuição diz sobre mim? Já vasculhou aí dentro? – Ele aponta para o meu peito. – A nossa conexão não aconteceu por acaso, eu não consigo chegar tão fundo com qualquer outra pessoa em tão pouco tempo. E eu nunca atingi o nível em que nós estamos com ninguém. – Thiago respira e parece bravo. – Por favor, me diga, o que sua intuição está dizendo agora?

– Nada.

– Claro que nada, você se fechou de novo – ele retruca, irado.

Ai, caramba, estou perdendo a batalha aqui e começo a sentir uma ansiedade latejando lá do dedo do pé até o último fio de cabelo. Tenho que ser assertiva ou, como diz a Patty, autêntica. Ok, o que eu faria para resolver essa situação se não tivesse tanto medo? Hm, eu seria sincera com ele... Certo, está decidido, vou mandar a real na lata, sem rodeios:

– Quer saber a verdade? – Jogo a pergunta.

– Existe uma verdade? – ele indaga.

– Eu topei essa coisa de spa por sua causa – pronto, falei, que se dane.

Ele para um instante como se fosse necessário absorver as minhas palavras antes de qualquer reação. Alisa os cabelos para trás e se senta, me induzindo a sentar também. Ficamos assim por tempo indeterminado e, então, ele faz a pergunta:

– O que quer dizer com isso?

– É difícil explicar. – Mordo o lábio, incerta. – Você me achará completamente louca.

– Não vou julgar, é uma promessa.

Ah, cara, como assim contarei o que houve pós-encontro no supermercado? É óbvio que ele me julgará uma stalker maluca que acha que o universo manda recados cifrados na matrix.

– Clara, confie em mim.

– Confio no seu julgamento médico... – Deixo a frase no ar.

– Estou pedindo que confie em mim como homem.

Uia, meu corpo arrepia com as últimas palavras e minha intuição chega rasgando o verbo, me chamando de otária por não confiar. Pondero um pouco sobre o assunto e resolvo continuar com esse lance de sinceridade.

Me aprumo e capturo um pouco mais de oxigênio. Limpo uma sujeira invisível na roupa e estalo os dedos da mão direita. Como sofro de transtorno obsessivo-compulsivo, acabo estalando os dedos da mão esquerda também.

– Estou esperando. – Thiago se mostra impaciente.

– Certo. – Ajeito os cabelos, a postura e ganho mais um pouco de tempo. Quando noto que não há mais para onde fugir, resolvo vomitar a verdade: – Bom, depois do nosso primeiro encontro na madrugada, naquele supermercado, passei dias vendo e ouvindo seu nome em todos os lugares. E quando eu digo todos os lugares, foi realmente sinistro. – Thiago está cem por cento presente, na escuta. – Eu não sabia o que pensar sobre isso, por isso, a Patty me convenceu a vir na inauguração do spa, para ter certeza de que não era coisa da minha mente insana. Foi só aí que descobrimos sua ligação com o Davi e as coisas pareciam se encaixar, sabe? Fechamos o pacote de dez dias por insistência da Patty e também porque um ex-namorado surgiu do além para infernizar a minha vida. Eu precisava me ausentar por algum tempo e também curar a ressaca pós-Rafael. O spa surgiu como uma solução em um momento conturbado e eu fiquei realmente encucada com você. Precisava desvendar o mistério envolvendo nosso encontro e seu nome em todos os lugares. Comecei a pensar que talvez você pudesse estar ligado ao meu dharma. – Dou uma risadinha sem graça e ele não diz nada, aguarda minha conclusão. – Quando iniciamos o tratamento, compreendi que o universo me trouxe aqui para uma terapia de choque e você estava funcionando como um guru, um guia que apontava o caminho. Mas então houve a noite do dilúvio e comecei a pensar que esse nosso encontro era algo mais. Na verdade, eu queria muito que fosse algo mais. Só que, analisando friamente a situação, estou sendo uma tola romântica muito da sem noção.

– Tola, Clara? Sem noção? – ele questiona e ensaia um sorriso.

– Foi casual, certo? – Dou de ombros, como se nada mais importasse. – Pode dizer a verdade, eu aguento.

– Você ainda não entendeu, não é?

– Eu sou lerda, portanto, acho melhor me explicar.

– Não há o que explicar agora. A compreensão precisa partir de você.

– Que droga, Thiago. Você é muito evasivo. – Seguro a raiva que está doida para quebrar alguma coisa.

– Clara, podemos conversar mais tarde se quiser. Tenho uma consulta na sequência e nosso tempo acabou.

– Desmarque essa consulta e converse comigo – peço.

– Sabe que não posso. – Thiago une as mãos, friccionando-as. – Viu meu nome em todos os lugares? Sério mesmo? – Sorri e vejo um brilho muito orgulhoso no olhar. Enfim, nem um cara evoluído como ele consegue se desvencilhar do ego facilmente.

– Não tire sarro, o caso é sério. Acha que devo sair daqui diretamente para o manicômio?

– Seu caso não tem nada a ver com loucura. – Os olhos dele continuam brilhando, mas agora não tem nada a ver com ego. – Que bom que o universo mandou o recado e você captou. E, como ele sabe que você é desconfiada, resolveu enviar milhões de vezes só para garantir.

– Acredita em mim? – Arqueio as sobrancelhas, totalmente pasma. – Verdade?

– E se eu disser que o universo também me cutucou, você acreditaria? – ele questionava.

– Por favor, desmarque essa próxima consulta – suplico.

– Temos mais três dias pela frente, não seja ansiosa.

– Thiago...

– Você tem consulta com a psicóloga agora. – Ele checa o horário no relógio de pulso. – Quer saber? Hoje é sábado e eu quero sequestrar você, se me permitir.

– Sequestrar? – Ah, isso está me cheirando muito bem.

– Apesar de bater de frente com o regulamento interno do spa, quero levar você para jantar fora daqui. O que acha?

– Nós já transamos, levar para jantar é o mínimo, não? – ironizo, num toque de drama.

– Isso é um sim? – Ele não fica constrangido de forma alguma.

– Thiago, e esse lance de ser frio, cruel e um tremendo babaca? Acabou? – pergunto.

– É impossível ser frio, cruel e babaca com você – ele retruca, com um sorriso intrigante.

– Rá, todos os meus carmas passados foram frios, cruéis e babacas – metralho.

– Clara, não sou um carma – ele diz, num tom indecifrável. – Aceita o convite?

– Só se o Davi puder ficar com a Patty e você me arrumar um lugar para dormir. – Negocio, na maior cara de pau.

– Só isso?

– Só isso.

– Ok, negócio fechado.

65

Estou caminhando sobre nuvens fofas,
branquinhas e com sabor de algodão doce.
Talvez eu esteja no planeta Thiagolândia,
onde tudo canta e dança conforme passo.
E olhe que não fumei nada de esquisito.

Levo um puxão pelo braço e, para a minha total tristeza, as flores e as árvores param de dançar e cantar. A nuvem fofa de algodão doce se transforma num vulcão em erupção quando meus olhos se encontram com o olhar matador que ela sustenta.

– Eu sei quem você é.

– Também sei quem você é, Mariana – digo, sem qualquer alteração na voz. – Eu deveria me desculpar, mas acredito não ser o caso aqui. Eu não tinha conhecimento de que o Rafael estava noivo e, como você bem sabe, nem os amigos dele estavam a par. Não tive culpa do que houve, mas, sinceramente, acho que você deveria me agradecer. Acabei livrando você de um péssimo casamento com um cara que não vale a pena.

A garota dos cabelos de propaganda de shampoo fica perplexa, sem saber o que dizer. Não sei o que ela estava tramando ou esperando que eu fizesse, mas, pelo visto, o desfecho foi outro.

– Sei que a culpa não foi sua. – Ela baixa a guarda imediatamente e os ombros relaxam. – Eu precisava responsabilizar alguém pelo fim do meu noivado e você é a pessoa perfeita.

– Responsabilize o cretino do Rafael. De que adianta me culpar?

– Eu não vim a esse spa para isso, Clara. Para dizer a verdade, nem sabia que você estava hospedada aqui – ela revela, num suspiro triste. – Eu só precisava espairecer, mas, pelo visto, a vida queria que nos conhecêssemos. Esse tipo de coincidência é muito louca, não?

– Tenho que concordar. – Faço bolinhas invisíveis no chão com o bico do tênis. – Você está bem? Recuperada do baque?

– Ainda quero vingança, se é que me entende. – Ela trinca os dentes e noto sua ira.

– Hm, conheço o sentimento bem de perto. Sei que não sou a melhor pessoa para aconselhar, mas escute a voz de quem já se ferrou muito nessa vida: não vale a pena.

– Sei disso, mas é incontrolável.

– Acho que uns dias nesse spa farão você reassumir o controle e superar. A galera daqui é muito do bem e nos coloca nos trilhos de novo, se é que me entende.

– Entendo sim. – Ela se dá conta de algo e checa o horário. – Droga, tenho aula de bike. – Ela me fita durante um curto espaço de tempo e finaliza. – Não serei hipócrita em dizer que foi um prazer conhecê-la, mas pelo menos não foi tão ruim. E ainda foi ótimo saber que é bonita, aquele desgraçado tem bom gosto para mulheres.

– Nossa, obrigada pelo elogio. Digo o mesmo, Mariana.

– Certo, tenho que ir. Até mais.

– A gente se vê por aí.

66

– Ela simplesmente disse isso
e nem socou a sua cara?
Patty está tão perplexa quanto eu fiquei.
Na varanda da suíte, estamos trocando
confidências enquanto Davi toma um banho
relaxante depois de ter feito todas
as aulas quentes do spa.

– Bom, somos adultas e ela sabe que não tive culpa. – Justifico a postura da Mariana.

– Realmente, responsabilizar você seria uma crucificação absurda. Bem que o Davi avisou que ela era legal. Mas diz aí, que negócio é esse de você ceder o quarto para nós, hein?

– Já disse, arrumei outro lugar para dormir.

– Clara, não me faça de idiota. – Ela censura.

– Ok, essa noite vou escapar do spa para jantar com um tal dharma chamado Thiago.

– Opa, pelo visto a Minha Nossa Senhora do Bom Dharma

ouviu as minhas preces! Vocês finalmente pararam a palhaçada e se entenderam?

– Talvez. É tudo uma incógnita ainda. – Dou de ombros.

– Porra, pare de pensar tanto, gata. Se joga – ela aconselha. – O cara está de quatro por você, só não vê quem não quer.

– E se eu me estrepar? – dramatizo.

– Gata, vai se estrepar se deixar um dharma tudo de bom desses escapar. Nunca mais um Thiago cruzará o seu caminho. E sim, isso é praga cármica na potência máxima elevada ao cubo.

– Credo, que maldade.

– Clara, o que precisa acontecer para você confiar na vida e nos sinais do universo, hein? Quer que uma placa de neon se materialize como uma seta apontando para o Thiago? Porque, na boa, é só o que falta para você finalmente acreditar. E do jeito que você é tosca, talvez nem isso convença você.

– Não sou assim tão tosca – resmungo.

– Rá, eu é que sei.

– Patty, eu só queria ter certeza.

– Pare de tentar controlar tudo, mas que saco isso. – Ela estressa. – Vá ser feliz, cacete.

– Ok, tô indo.

67

NA FALTA DE UMA ROUPA SEXY, OPTO POR UM VESTIDO AZUL BEM ANGELICAL QUE ACABOU ENTRANDO NA MALA POR ENGANO. COMO O ACASO NÃO EXISTE, FICA ÓBVIO QUE A VESTIMENTA CAIU NO LUGAR CERTO PARA O MOMENTO EXATO.

Patty dá palpites e prende o meu cabelo de um jeito muito fofo, pareço até uma menina comportada. Ela arremata com uma presilha que combinou super bem com o vestido.

Enquanto isso, Davi e Thiago estão no maior papo, sentados na varanda da suíte. Patty me dá uma girada e lança uma piscadela, aprovando o visual. Dou uma olhada no espelho e concordo.

– Lembra quando dizíamos que nossos futuros maridos seriam irmãos? – Patty começa.

– Seriam gêmeos – remendo.

– Gêmeos causariam muita confusão. – Ela ri e tem toda a razão. – O universo trouxe algo parecido com isso, não é?

– Recebemos tudo o que pedimos, mas nem sempre é da forma

como o pedido foi feito. É isso o que está querendo dizer? – indago, pegando a minha bolsa.

– Só o melhor acontece, sempre – ela afirma e a verdade ressoa no amplo quarto. – Clara, não estrague esse presente do universo com suas dúvidas malucas e lutas interiores. Aceite e agradeça.

– Está pedindo que eu seja normal? – satirizo.

– Não, só estou implorando para que seja grata pelo incrível dharma que você atraiu. Mérito, gata. Você realmente merece um cara extraordinário como o Thiago.

A Patty me puxa para um abraço desses demorados e eu retribuo dando uma palmada na bunda dela. Ficamos ali nos encarando, revendo cenas passadas, imaginando cenários futuros, muito satisfeitas com o presente.

– Sei não, acho que destruímos a Roda de Samsara – ela afirma, com uma certeza assombrosa. – Davi e Thiago são a personificação de que estamos finalmente alinhadas à Lei de Deus.

– Colhendo o que plantamos – reflito. – Faz todo o sentido.

– Agora suma daqui, quero namorar a noite toda. – Ela me expulsa do quarto.

– Credo, a boa educação não é item de fábrica lá de onde a sua alma veio, não?

– Divirta-se e não faça merda, sua doida – ela aconselha.

– Te amo, Patty.

– Também te amo, sua sem noção.

68

O THIAGO TEM UM JEEP, O CARRO DOS MEUS SONHOS. LÓGICO QUE ISSO É SÓ MAIS UMA COINCIDÊNCIA DENTRE TANTAS OUTRAS NESTA VIDA. A TRILHA QUE EMBALA O MOMENTO TAMBÉM NÃO PODERIA SER OUTRA, É MINHA BANDA PREFERIDA, THE DOORS.

Ele está vestindo uma camisa jeans muito da sexy, combinada com uma calça branca dessas cheias de bolsos. Parece um desses caras aventureiros, que escalam altas montanhas e velejam por mares desconhecidos. Não sei por que fiz essa comparação, mas essa é a sensação que me passa.

– Para onde estamos indo? – pergunto.

– Pensei em vários lugares, mas resolvi cozinhar para você.

– Oi? – Arregalo os olhos, pasma. – Vai cozinhar? Jura? E continuará fazendo isso para todo o sempre ou é só uma jogada de marketing para me conquistar?

– Suas dúvidas me irritam – ele atira.

– E é por isso que sou tão interessante, pode dizer. – Me gabo. – Se eu me lembro bem, você disse algo sobre preferir o caos.

– Você, definitivamente, é o próprio caos encarnado.

– Cuidado com as afirmações, doutor – observo e ele sorri lindamente. Ai, caramba, esse homem é tudo o que eu sempre imaginei para a minha vida. Obrigada aí, Deus. – Está me levando para a sua casa, é?

– Você precisa de um lugar para dormir, foi a sua condição, você está lembrada?

– Hm... Costuma fazer isso com frequência? – alfineto.

– E se eu disser que você é a primeira que levo para o meu apartamento, acreditará?

– Claro que não – rebato, um tanto enciumada.

– Viu? Falar a verdade para você é o mesmo que jogar pedras numa parede.

– Não sou uma parede – retruco, indignada. – Bom, tenho uma cerca de arame farpado com umas metralhadoras bem posicionadas, mas nada que você não consiga ultrapassar.

– Está me desafiando? – Ele segura o riso.

– Está preparado? Porque ainda não contei sobre o esquema de segurança do lado de dentro do complexo Clara. É de alta tecnologia, desenvolvido por uma mente doentia.

– Hm, parece um desafio excitante – ele finge ponderar. – Acha que tenho chance de êxito?

– Até o momento, está no caminho certo.

69

THIAGO MORA NA COBERTURA DE UM PRÉDIO MUITO SIMPÁTICO, NO BAIRRO DE MOEMA. É UM DUPLEX PEQUENO, PERFEITO PARA UM CARA SOLTEIRO. ELE CONTA QUE FEZ UMA PEQUENA REFORMA E A COZINHA AGORA É NA PARTE DE CIMA, COM VISTA PARA OS ARRANHA-CÉUS DE SÃO PAULO.

Deixo a bolsa sobre o sofá e o sigo de perto pela escada em espiral que nos leva ao segundo andar. O quarto dele não é tão masculino quanto imaginei que fosse, mesmo assim, é a energia que prepondera.

– Você tem enfeites femininos. – Aponto para a escultura de um casal dançando.

– Comprei numa viagem que fiz com a turma. Buenos Aires.

– É uma peça linda – elogio.

– Foi amor à primeira vista – ele diz, tão próximo do meu ouvido que sofro um tipo de choque elétrico. – Davi me disse que você é artista plástica. Não entramos nesse assunto, Clara.

– Você não perguntou – devolvo.

– Não era necessário, ainda – ele afirma e seguimos caminhando para a área externa.

A cozinha é uma graça. As paredes são forradas com azulejos portugueses e fico babando nas estampas. A bancada é de mármore branco e a base é em madeira, numa mescla entre o moderno e o rústico que combina muito bem.

– Já trabalhei com design de azulejos em algum lugar do meu passado. – Meus dedos correm pela textura e me pego observando os detalhes. – Adoro arte.

– A arte é a criatividade de Deus em ação – ele afirma abrindo um vinho. – Criar a partir do nada, do vazio, é o que Deus faz, não?

– Acha que os artistas estão mais próximos de Deus? – indago, pegando a minha taça das mãos dele.

– Sem dúvida. – Brindamos e ele começa a preparar alguma coisa sobre uma tábua. – Com fome?

– Fome é uma constante no meu universo. – Dou uma xeretada básica no que ele está tramando. – O que vai fazer?

– Risoto de quinoa com legumes.

– Afe, achei que alimentaria o meu demônio interior – zombo. – Mas até que risoto de quinoa soa bem.

– Você vai gostar, garanto. – Ele começa a cortar os legumes e tem uma prática impressionante, tanto que fico hipnotizada com os movimentos rápidos da faca. – Me conte mais sobre você, Clara.

– O que quer saber?

– Tudo.

– Tudo? – assusto.

– Absolutamente tudo.

– A partir daqui é por sua conta e risco e, lembre-se, foi você quem pediu...

70

À BEIRA DE UMA PISCINA OVAL DE UNS TRÊS METROS DE DIÂMETRO, SENTADOS NUMA MESA QUE ACOMODA DUAS PESSOAS, THIAGO CHORA DE TANTO RIR E ESTOU REALMENTE ME SENTINDO UMA PALHAÇA. OK, MEUS DRAMAS PASSADOS SÃO HILÁRIOS, MAS, POXA, ELE PODERIA AO MENOS MANTER A COMPOSTURA E TER COMPAIXÃO, NÃO?

– Não ria da desgraça alheia, isso é muito feio – repreendo, gentil.

– Clara, você conta as coisas de um jeito que torna tudo muito divertido – ele explica e me serve mais uma dose de vinho. – Acho que você ainda não se deu conta da pessoa incrível que é.

– Você poderia ficar me relembrando, o que acha?

– Será um prazer. – Opa, Thiago usa um tom sedutor e seu olhar recai sobre mim de um jeito muito, mas muito sexy. Ai, que calor infernal! – O que achou do risoto?

– Então... Não é a mesma coisa que um risoto nadando na manteiga com um quilo de queijo parmesão ralado, mas até que eu gostei.

Ele balança a cabeça, como se eu realmente fosse um caso perdido. Beberico da taça e meu olhar vagueia até a piscina. Hm, minha mente fértil está criando umas cenas bem interessantes.

– Clara. – Thiago chama a minha atenção e faço bico por precisar voltar para a realidade. – O que está visualizando?

– Hein? – Me faço de desentendida. – Bom, você é o mestre zen da visualização, deveria saber. – Jogo.

– Posso imaginar... – Ele deixa a frase inacabada e me sinto estremecer num arrepio desses que rasgam o corpo em dois. – Por que não me mostra?

– Como é? – Sou pega de surpresa.

– Eu me deitarei ali – ele aponta para duas espreguiçadeiras mais adiante –, fecharei os olhos e você conduzirá a visualização. O que acha?

Ai, que vergonha mega blaster master super ultra! O que ele está pedindo é inaceitável, simplesmente não conseguirei. Como assim ele quer que eu dê voz aos meus pensamentos mais tórridos e selvagens?

– Quer intimidade? Rompa a barreira da sua timidez – ele incita e eu prendo o ar nos pulmões. – Quer tentar?

– Eu não posso fazer isso – recuo, temerosa.

– Do que tem medo? – ele indaga, com uma baita interrogação no semblante. – Não julgarei absolutamente nada.

– Você fala como se fosse uma mera visualização fofa, com flores coloridas e bichinhos saltitantes. – reclamo.

– Não era o que você estava imaginando? – Ele segura o riso e eu surto.

– Você sabe que não – respondo.

– Me mostre – ele provoca.

Ah, droga, perco o controle quando sou desafiada dessa forma.

Meu ego se veste de ninja e faz cara de mal, puxando a adaga do coldre e soltando um grito de guerra. Mesmo assim, faço uma força descomunal para não aceitar a provocação.

– Thiago, não darei conta.

– Você não tentou.

Droga vezes mil elevada ao cubo!

– Então você quer que eu conduza uma visualização pornográfica, é isso? – fuzilo, descontrolada.

– Não sei, era nisso que você estava pensando? – Ele joga álcool nas chamas, inflamando ainda mais o meu ego.

Com um suspiro vencido, bebo o restante do vinho no gargalo. Thiago recosta na cadeira e me fita, com um semblante extremamente excitante e provocador. Se ele quer uma visualização pornográfica nível *hardcore*, é isso que ele terá.

Darei o meu melhor. Hunf!

71

THIAGO ESTÁ DEITADO SOBRE A ESPREGUIÇADEIRA
E NÃO PARECE NADA CONSTRANGIDO. A CENA É CÔMICA
E, AO MESMO TEMPO, INTIMIDANTE. ÓBVIO QUE MINHAS
BOCHECHAS ESTÃO QUEIMANDO DE VERGONHA
E A TIMIDEZ SE INSTALA COMO UMA MÁSCARA.
MAS SÓ HOJE, ME DESAFIO A ROMPER A BARREIRA.
BOM, COM TRÊS TAÇAS DE VINHO E O RESTINHO TOMADO
DIRETAMENTE DO GARGALO, ACHO QUE DAREI CONTA.

– Feche os olhos. – Uso meu melhor tom insinuante. – Prometo surpreender você a partir daqui.

Ele sorri de forma sacana e parece ansioso. Um tanto perdida, sento-me na espreguiçadeira ao lado e tomo fôlego, buscando na mente as cenas mais quentes guardadas a sete chaves.

– Ok, não abra os olhos de jeito algum ou juro que paro – ameaço, de forma contundente.

– Vou ficar quietinho. A piscina aparece na sua visualização?

– Não, vou inovar.

– Certo, estou ansioso.

O que devo fazer mesmo? Ah, é, uma visualização pornográfica. Por onde começo? Hm, acho que já sei. Respiro fundo, organizo as palavras e arrebento a barreira da timidez instalada:

– Você está deitado em um gramado, sob diamantes estelares que circundam uma lua majestosa, tão próxima da Terra quanto possível. Mas você não pode ver o céu, já que está vendado.

Faço uma pausa dramática e noto que ele segura a respiração. Pelo visto, estou no caminho certo.

– É madrugada e, apesar da brisa gélida, você está completamente nu nesse cenário.

Thiago se remexe e seguro o riso, continuando:

– Suas mãos estão atadas acima da cabeça e também não pode mexer o corpo, pois há alguém por cima de você.

Faço uma pausa e ele morde o lábio.

– Você sente a fragrância feminina no ar. As mãos dela arranham o seu tórax sem qualquer pudor. Ela se movimenta devagar, num vai e vem suave, mas enlouquecedor. Você suplica, seu corpo todo implora, mas ela continua aquela fricção lenta, desesperadora.

Thiago arfa e percebo reações corporais inevitáveis. Ah, isso está ficando muito bom. Resolvo dar vida a tal visualização pornô, tipo um cinema 5D. Sem aviso, tomo o lugar da mulher da visão e prendo os braços dele acima da cabeça. Repreendo quando ele ameaça abrir os olhos.

– Você não queria? – provoco. – Agora aguente até o fim.

Ele mantém os olhos fechados e não luta para soltar as mãos. Thiago está com o corpo quente, inflamado. E não é só isso, mas vamos adiante:

– Ela continua os movimentos vagarosos como uma espécie de tortura. Você está louco para soltar as mãos e tocá-la, mas não pode.

Quer ver o que ela faz, mas está vendado. Tenta aumentar o ritmo a todo custo, mas ela não permite.

Inicio os mesmos movimentos da visão e ele imediatamente tenta soltar as mãos. Prendo-o com mais força e, agora, começo a gostar do jogo:

– A língua dela percorre seu rosto, traçando o contorno dos seus lábios – digo isso de um jeito muito sensual e executo exatamente o que estou narrando. – Você tenta beijá-la, mas ela se afasta voluntariamente. A fricção lenta e dolorosa continua e você se remexe, em pura aflição. Ela provoca, mordendo o lóbulo da sua orelha, rasgando a sua pele com a língua úmida, levando sua excitação a um nível insuportável.

Ok, eu achei mesmo que conseguiria levar essa brincadeira perigosa até o final? Num golpe rápido e certeiro, Thiago solta as mãos e me agarra pela cintura. Ergue o meu corpo com uma força sobre-humana e entrelaço as pernas em torno dos seus quadris. Sem aviso, sua língua ávida invade a minha boca e, quando dou por mim, sou atirada em sua cama sem qualquer gentileza.

É como a Patty diria: não sabe brincar, não desça para o play.

Mas o fato é que eu sei brincar e dormir é para os fracos.

72

JÁ É MANHÃ E O SOL ENTRA AMISTOSO PELAS FRESTAS DA VENEZIANA. ESTOU AGARRADA AO MEU DHARMA E ELE ACARICIA A MINHA PELE COM CÍRCULOS INFINITOS. NÃO TENHO FORÇAS PARA DIZER NADA E ELE TAMBÉM SE ABSTÉM DE PALAVRAS, O SILÊNCIO FALA POR NÓS.

O celular soa na mesa de cabeceira e ele se estica todo para pescá-lo. Atende e assusta quando percebe que já passa das nove da manhã. Poxa, hoje é domingo, o spa não poderia simplesmente dar um tempo?

– Clara, temos que voltar.

– Hm – ronrono.

– Que tal um banho quente e alguém para massagear as suas costas? – ele pergunta.

– Ué, você não está com pressa, Thiago? – digo, no meu melhor tom de descaso.

– O spa não explodirá se eu me atrasar só mais um pouquinho.

O tal pequeno atraso foi de quase três horas. Se a morte aparecesse agora com a sua foice sedenta, eu provavelmente a seguiria muito satisfeita. Mentira, quero viver o meu dharma pelo máximo de tempo que a vida permitir.

No Jeep, no caminho do spa, faço a pergunta que não calar:

– Você disse que o universo te deu um cutucão, não me contará como foi?

Thiago sorri e parece estar se emaranhando numa rede de memórias. Demora um pouco a responder e minha ansiedade resolve dar um olá. Seguro-a sob rédea curta enquanto aguardo o pronunciamento.

– Não costumo abordar mulheres no supermercado, mesmo que o carrinho de compras esteja recheado de lixo como era o seu caso – ele começa. – Lembra que eu contei que consigo enxergar através do véu? – Digo sim e o incito a continuar. – Eu vi algo em você e não sei bem como explicar. É como se eu já a conhecesse, sua aura e energia são muito familiares pra mim. Eu tinha que me aproximar, precisava iniciar qualquer conversa. Senti uma urgência como se alguém estivesse me empurrando para cima de você.

– Sério? – Meu ego comemora, saltitante.

– Eu sabia que nos encontraríamos de novo, mesmo assim, resolvi não dar sopa para o azar e dei um jeito de entregar o meu cartão para você. – Ele para um instante para rever as cenas passadas e retoma: – Nos dias que se seguiram, eu simplesmente sabia que era questão de tempo até o nosso reencontro. Você não me saía da cabeça, Clara.

– Você escondeu isso muito bem, doutor – alfineto. – Não percebi nada.

– Sou discreto. – Ele sorri e aperta a minha coxa desnuda de um jeito muito enlouquecedor. – Quando o Davi me contou quem você era e como se conheceram, a ficha caiu. Nós acabaríamos nos encontrando nessa vida, de uma forma ou de outra. Tudo conspirou a favor.

– Você deveria estar naquele cruzeiro – implico com ele, revirando os olhos.

– Nada é por acaso, Clara. Nenhuma folha cai sem o conhecimento do universo. A engrenagem é perfeita, não duvide. Tinha que acontecer dessa forma por motivos que, talvez, nunca sejam do nosso conhecimento.

– Então eu tinha que tomar mais uma porrada cármica antes de conhecer você, é isso o que está dizendo? – indago, com um tom nada amigável.

– Já pensou que precisava conhecer o sofrimento para dar valor ao que virá? Tire proveito de absolutamente todas as situações. Tudo o que nos acontece é para um aprimoramento mais do que necessário à evolução. Você sabe disso, tem o conhecimento. Só precisa acreditar que assim é.

Se assim é, que assim seja.

73

DE VOLTA AO SPA, ESTOU NA MAIOR PREGUIÇA
E ME RECUSO A FAZER QUALQUER COISA DA VIDA.
ESTOU COM UM SONO INCONTROLÁVEL E ANDANDO
COMO UMA BÊBADA COM OS NEURÔNIOS DESTRUÍDOS.
THIAGO ESTÁ EM ATENDIMENTO E EU ESTOU
FORA DO PLANETA TERRA.

Cruzo com a Patty na varanda da suíte. A sensação é de que estou me olhando para um espelho, o semblante dela deve estar parecido com o meu. Em uníssono, dizemos, apontando uma para a cara da outra:

– Você não pregou os olhos.

Desatamos a rir e tomamos assento em duas poltronas próximas à janela do nosso quarto. Eu quero perguntar, ela quer perguntar, mas ficamos ali só coexistindo por algum tempo. Finalmente rompo o silêncio, arrematando com um bocejo:

– Foi bom para você?

– Excelente. E para você? – ela reprime o bocejo.

– Excepcional.

Nada mais é dito, não é realmente necessário. Suspiramos juntas e nos perdemos em nossos próprios pensamentos. Vejo o Davi se aproximando, trazendo uma bandeja com o café da manhã. Olho para a Patty e ela está sorrindo, de soslaio.

– Ok, vou me mandar – decido.

– Fique aqui, tome café comigo.

– Já comi, o Thiago fez um suco muito doido acompanhado de ovos mexidos com torradas salpicadas de gergelim. Ele cozinha bem pra caramba.

– Eu avisei que seu dharma seria do tipo fodão elevado ao quadrado – ela fala.

– Ele é muito mais do que isso, Patty.

– Amém, gata.

Cumprimento o Davi que, a olhos vistos, também não dormiu nadinha. Deixa a bandeja sobre uma mesinha de apoio e saio de mansinho quando eles começam a trocar palavras no diminutivo e essas coisas esquisitas de casais recém-formados.

Não chego a sair da varanda.

Petrifico quando vejo a imagem ao longe. O que esse palhaço está fazendo aqui de novo? É perseguição? O universo quer zoar com a minha cara? Estou sendo testada até o limite da honra?

– Merda, eu falei para o Rafael não aparecer mais por aqui. – Escuto o Davi às minhas costas. – Porra, esse imbecil vai causar tumulto.

– Pelo visto é o que ele está procurando, amor. Confusão. – Patty completa.

– Puta que pariu. – É o que sai da minha boca.

74

THIAGO APARECE COMO MÁGICA NO GRAMADO
E VAI DE ENCONTRO A UM NERVOSO RAFAEL,
COMO SE SOUBESSE EXATAMENTE ONDE ENCONTRÁ-LO.
PARECE MEIO PUTO E ENTRO NO MODO ATACAR
E MATAR TÃO LOGO ELES COMEÇAM UMA DISCUSSÃO.
DAVI CORRE ATÉ LÁ E PATTY SE POSICIONA
AO MEU LADO, PRONTA PARA TAMBÉM ENTRAR
NA BRIGA CASO SEJA NECESSÁRIO.

– Que merda é essa, hein? – questiono, sem tirar os olhos da bomba atômica prestes a explodir.

– Não faço ideia. – Patty então aponta para algum lugar próximo. – Ei, olha a Mariana caminhando até lá. Agora a cobra vai fumar, gata.

– Devemos tomar partido? – Fico tensa.

– Melhor ficarmos fora disso. Davi dá conta daqueles dois.

– Mas qual o motivo da discussão? Meus neurônios estão entrando em curto – aviso.

– Droga, vamos até lá. – Patty dá um tranco no meu braço e nos aproximamos da confusão a passos rápidos.

Mantemos uma distância segura, mas ouvimos tudo o que é dito, afinal, eles estão discutindo acima do volume normal. O diálogo que se desenrola é um tanto peculiar e fica difícil compreender a motivação.

Thiago: – Você é um arrogante que se acha o dono do mundo. – Ele parece bravo e meio fora de si.

Rafael: – Eu vim até aqui para pedir perdão a Mariana e o que eu encontro? Ela atirada nos seus braços, seu babaca. – Ele avança um passo em direção ao Thiago com a mão em riste.

Como é? Que porra acabei de ouvir? Atirada nos braços do Thiago? Mas como? Onde? Quando? Por quê? Onde está Wally? Meu coração quer sair pela boca e tento segurá-lo como posso.

– Patty...

– Calma, Clara. Não sabemos o que houve e o que o Rafael viu. – Ela me segura quando nota que cambaleio, sem força nas pernas.

Thiago: – Pelo amor de Deus, você está vendo coisas onde não existem! – ele atira, raivoso.

Mariana: – Seu cretino, você não é mais nada pra mim. E se eu quiser ficar com o Thiago, você não tem absolutamente nada a ver com isso.

Oi? Ficar com o Thiago? Do que essa vadia louca dos cabelos de propaganda de shampoo está falando? Será que saí do reino da Thiagolândia e caí num universo paralelo infernal? Ah, cara, eu vou matar alguém.

– Patty...

– Já disse para ter calma, gata.

Thiago: – Mari, eu não vou ficar com você, pare de inflamar ainda mais essa conversa.

Mariana: – Pensei que tivesse gostado do beijo, Thiago.

Beijo? Eles se beijaram? Mas que porra!

– Patty...

– Cacete, Clara, se segura.

Rafael: – Não contou pra ela, Thiago? – ele se vira para a Mariana e completa: – Ele está colhendo as minhas sobras, está de caso com a Clara.

Sobras? Ele disse sobras? Ah, cara, eu vou socar a cara desse babaca. Antes que eu dê o primeiro passo, Patty me segura com tanta força que meu braço fica dormente. Ela tem uma força impressionante.

Mariana: – Como é? Essa tal de Clara passou o rodo na turma toda? E o que você tem a ver com isso, Rafael? Seu cretino filho da puta, não disse que veio até aqui pra me pedir perdão?

Davi: – Parem com isso vocês três.

Rafael: – Vá se ferrar, Davi.

– Opa, ninguém manda meu homem se ferrar. – Patty surta e sou obrigada a segurá-la e faço uma força descomunal.

Rafael: – Desisto de você, Mariana. – Ele então mira o Thiago e manda a bomba: – E você, seu imbecil ingênuo, está muito bem arrumado com aquela vadia de cruzeiro.

Oi? Oi? Oi?

Antes que eu ou a Patty ou o Davi façamos alguma coisa, o Thiago cerra o punho da mão direita e, numa fúria avassaladora, desfere um soco tão bem colocado que o Rafael voa longe, quicando no chão antes de desmaiar.

Meu desejo assassino interior imediatamente se transforma em alma lavada.

Amém.

75

COM A IMAGEM DO RAFAEL CAÍDO NO CHÃO,
SOU ARRASTADA PELA PATTY DE VOLTA À SUÍTE.
VEJO A MARIANA CORRENDO PARA AUXILIAR
O GALINHA BABACA E O DAVI SEGURANDO
O THIAGO PELO COLARINHO DA CAMISETA.

Meu dharma está querendo socar o meu carma mais um pouquinho e é por isso que meu coração se mantém batendo, mesmo após ter ouvido um monte de asneiras das mais sórdidas.

– Patty...

– Davi dá conta do Thiago, pare de se debater e entre nesse quarto. Chega de confusão por hoje, mocinha.

Sou atirada para dentro e minha amiga fecha a porta, como se fosse uma contenção necessária. Bufo e chuto o pé da cadeira, pegando na sequência um vaso de cerâmica bem bonitinho e espatifando na parede.

– Se sente melhor? – Patty leva as mãos aos quadris, como uma mãe brava faria.

– Não!

– Recomponha-se.

– Não!

– Vou dar na sua cara! – Ela parte para cima de mim e recuo, instantaneamente. – Gata, logo você terá as explicações que está buscando. O Thiago não é um filho da puta, acredite.

– Eu sei disso – choramingo e me jogo na cama, como uma mimada dramática.

É nesse momento que Thiago invade a cena. Está transpirando, com o olhar vidrado. Me encontra jogada sobre os lençóis bem no instante em que derramo uma lágrima teimosa.

Eu já falei que a Patty tem um timing fenomenal? Então, ela sai de fininho, sem aviso, sem despedidas, sem complicações, sem qualquer gesto brusco. Quando bate à porta atrás de si, enxugo a lágrima e minha voz é só um fio prestes a partir quando peço:

– Diga somente a verdade, Thiago.

– Só a verdade, Clara.

– Certo, pode começar.

Thiago toma assento ao meu lado e, de maneira instintiva, me afasto. Ele percebe a reação e morde o lábio, de maneira triste. Toma fôlego, se apruma e começa a narrar os últimos acontecimentos:

– Mariana e eu estávamos conversando na recepção quando ela viu o Rafael chegando. Eu estava de costas, não percebi o carro dele estacionando. Ela me usou para se vingar, Clara.

– Ela beijou você – metralho.

– Repentinamente.

– Você recuou? – indago.

– Foi inesperado, fiquei sem reação.

– Gostou? – provoco.

– Não acredito que esteja perguntando isso. – Ele chacoalha

os cabelos ensolarados e seus olhos esverdeados refletem certa angústia. – Não, eu não gostei de ser usado. Não, eu não gosto de beijos roubados com o único intuito de ferir outra pessoa. Não, a Mariana e eu não temos nada e nunca teremos. Sim, ela é uma mulher muito bonita, mas a beleza dela não me diz absolutamente nada. – Ele para e respira: – Mais algum questionamento insano?

– Como o Rafael sabia sobre nós?

– Não faço a menor ideia. Talvez ele tenha jogado verde ou, quem sabe, tirou conclusões depois daquele luau.

Nervosa, penso um pouco sobre o assunto. Vasculho aquele olhar esmeralda e me vejo ali refletida. Sei que ele não está mentindo, não há absolutamente nada que o contradiga.

– Você me defendeu. – Observo e um meio sorriso se desenha nos meus lábios.

– Você foi gravemente ofendida. Na minha frente, o Rafael nunca mais fará isso.

– Obrigada, Thiago. – Olhos nos olhos e noto que a atmosfera pesada se dissipa.

– Nunca duvide de mim.

– Venha até aqui para que eu tire o gosto de outra mulher da sua boca. – Faço cara de nojo e ele sorri timidamente. – Aliás, sugiro um banho para que eu possa limpar qualquer marca de batom ou perfume que não sejam meus.

– Sou todo seu, Clara.

Ai, como tive a coragem de duvidar do meu dharma, hein?

76

NÃO DEU TEMPO PARA UM BANHO SACANA,
MAS NÃO FALTARÃO OPORTUNIDADES.

Patty e Davi entram na suíte após um toc, toc, toc. Desculpam-se pela invasão de privacidade e contam que o Rafael foi atendido na enfermaria e liberado. Quer o sangue do Thiago, mas aceitou ir embora do spa sem matar ninguém.

– Querem ouvir a pior? – Patty joga a interrogação e fico na expectativa. – A Mariana foi com ele.

– Tá brincando? – pergunto, chocada.

– Não acho que tenham se entendido, mas quando se trata do Rafael, a Mariana fica meio idiota – Davi comenta. – Mas se querem saber, acho ótimo que ela tenha se mandado, isso evita novos confrontos e confusões.

– Não quero mais esse cara na minha vida, Davi. Já deu. – Thiago avisa, contundente. – O Rafael é uma pessoa que eu já deveria ter riscado há muito tempo do meu convívio.

– Você tem razão, cara. O Rafael é muito diferente do restante de nós. – Davi concorda e enlaça Patty pela cintura. – Eu estava segurando as pontas, colocando panos quentes, mas pra mim já chega também. Com ele é só confusão, meias palavras, obscuridade e sei lá o que mais.

– Qual foi a repercussão depois do quebra pau? – Thiago questiona, com um suspiro. – O spa em peso assistiu à cena patética.

– Bom, teremos fofoca para a semana inteira. – Minha best friend sorri. – Essa mulherada adora um barraco, fique tranquilo. Foi até divertido, sabe? E olhe, sua direita é fenomenal, levou o Rafael a nocaute de primeira.

– Palhaça – rosno.

– Olha, esse barraco me deu uma baita fome – Davi solta.

– Certo, vamos comer alguma coisa e desanuviar o clima. – Thiago me estende a mão e quando a pego, ele me puxa para um abraço desses sufocantes. – Sei que está com fome também, é uma constante no seu universo.

– Hm, já está conhecendo a Clara melhor do que eu, doutor. – Patty zomba.

– Você deveria estar naquele cruzeiro, Thiago. – Davi comenta e parece muito satisfeito com a cena que vê. – Você e a Clara são um par e tanto.

– Nada acontece antes da hora. – Opa, essa fala madura foi minha. – Mas vamos continuar esse papo no restaurante, estou realmente varada de fome.

77

JÁ PASSA DAS ONZE DA NOITE. DAVI E PATTY FORAM DORMIR, ASSIM COMO TODO O SER VIVENTE DESSE SPA. COM EXCEÇÃO, CLARO, DA MINHA PESSOA E DO MEU DHARMA. APESAR DO SONO INSTALADO, CONTINUAMOS CONVERSANDO, DEITADOS SOBRE O GRAMADO, NAQUELE BATLOCAL DE SEMPRE. ESTÁ TÃO BOM QUE É PROVÁVEL DORMIRMOS POR AQUI MESMO.

Descobri que estou quatro quilos mais magra e nem sofri tanto quanto imaginava. Sendo assim, não fico pensando em gordurinhas extras quando a mão dele desliza por debaixo da minha camiseta e acaricia a barriga. Hm, isso me dá ideias.

– Respondeu ao pedido de casamento do Don Juan? – ele questiona, em um tom de ciúme que me causa risos. – Não pode deixar coisas pendentes pelo caminho ou elas acabarão retornando, mais cedo ou tarde.

– Respondi ao pedido sim. – Deixo a pulga solta.

– Hm. – Thiago respira e aguarda a minha revelação.

– Eu avisei ao Miguel que já tinha outros planos.

– Essa foi a sua resposta? – Ele ri. – E houve algum retorno?

– Bom, ele se lamentou e disse que essa era minha última chance. Coisas de narcisista, sabe como é. – Arrepio quando os dedos dele deslizam abaixo do meu umbigo. – Acredito que esse caso esteja oficialmente encerrado.

– Que bom. – Seus dedos continuam um caminho de provocação e finjo que não estou nem aí. – E o tal Rogério? Alguma notícia?

– Esse também é caso encerrado, duvido que torne a me procurar.

– Se procurar, faço questão de encerrar o caso por você. – Thiago diz isso de um jeito tão másculo que merece um beijo. Hm, talvez dois. Ah, espere aí, posso dar quantos eu quiser, a boca é minha.

Após uma sessão de beijos com duração indefinida, resolvemos partir para uma das redes ainda montadas entre as árvores. Escolho sabiamente a rede da visualização e deitamos ali, debaixo de um céu poluído sem qualquer brilho estelar.

– E você, algum caso para finalizar? – indago, séria.

– Quando eu termino alguma coisa é pra valer, Clara. Não deixo absolutamente nada em aberto.

– Isso foi uma alfinetada?

– Não. – Ele se faz de rogado e lhe dou um tapa amoroso.

– Quando terminar comigo, vai ser pra valer? – Entro no meu típico modo drama.

Thiago respira fundo e noto que está preparando uma lição de moral dessas que arrasam um quarteirão. Sei que falei merda e fico apreensiva. Ele se remexe um pouquinho e manda essa:

– Nunca condicione sua felicidade, Clara. Ela não pode ter nome, sobrenome e não deve estar ligada a lugares ou situações específicas. Esse tipo de felicidade não dura, é falsa.

– Por que está me dizendo isso?

– Não se iluda, estamos de passagem por essa vida. E se algum dia nosso relacionamento não der certo, quero que saia dele feliz e grata, jamais destruída como vi você ao chegar aqui. Não permita que isso aconteça de novo. – Sua fala é segura e ele parece ter entrado numa espécie de transe zen.

– Vai me ensinar?

– Quer realmente aprender? Terá que se abrir e permanecer nesse estado até o restante dos seus dias na Terra.

– Sou capaz desse feito.

– Você tem um grande potencial, basta eliminar o medo do sofrimento.

– Não quero filosofar agora, minha mente está vislumbrando uma cena tórrida com direito a sacanagens sussurradas ao pé do ouvido e mãos bobas deslizando entre os tecidos.

– Você gosta de brincar com fogo, não? – Ele ofega quando mordo seu pescoço.

– E você adora esse incêndio, não se faça de santinho.

Minha mão nada boba acaricia o volume por cima da bermuda e ele geme, fincando os dentes no lábio. Gosto da brincadeira e, como uma ninja altamente treinada, faço um movimento rápido e, antes que ele perceba, estou por cima, no controle da situação.

– Pare com isso – ele balbucia quando levanto sua camiseta, deixando um beijo molhado em seu tórax. – Clara, não faça assim.

– Hm, quer mesmo que eu pare?

– Não, não pare.

Meus movimentos são calculados e ele se contorce, ofegante. Suas mãos me pressionam com vontade e isso não vai prestar. Perco o controle quando ele aperta a minha bunda e sussurra:

– Eu quero você, agora.

Opa, falou as palavrinhas mágicas! Como resistir a um pedido desses, hein? Só se eu fosse maluca. Espere, eu sou doida. Sendo assim, não há melhor desculpa do que essa para uma transa em uma rede no meio do jardim.

– Clara, você é o meu caos.

– E você é a minha paz.

78

Um ano se passou.

Estamos num cruzeiro caribenho, curtindo o sol e as regalias de um navio lotado de casais e algumas crianças saltitantes. Patty e eu estamos estiradas em espreguiçadeiras, enquanto nossos dharmas conversam e petiscam uns sandubas naturais.

– Sinto o cheiro da conspiração no ar – digo, estreitando o olhar.

– Esses dois estão de segredinho e isso me irrita. Qual será a trama? – Ela fareja o ar e tenta decifrar algum código complexo ao olhar mais atentamente a conversa que se desenrola à beira da piscina. – Vem coisa por aí.

– Só estou pensando na jogatina de logo mais.

– Gata, você perdeu duzentos dólares ontem. Dinheiro não aguenta desaforo, viu? – ela repreende. – Se liga.

– Ai, tá bom. – Estresso. – Cara, cansei de ficar aqui tostando como um pão na chapa.

– Eu também. Vamos tomar um banho e dar um relax que a festa na boate hoje promete.

– E esses dharmas? – Aponto para os dois.

– Ah, deixe que eles brinquem mais um pouco. – Ela me lança uma piscadela e partimos para as nossas cabines após uns beijinhos breves de despedida.

Dentro do elevador, Patty relembra algumas cenas cármicas do que parece ter acontecido em outra vida. Rimos de chorar e então ela toma minhas mãos entre as suas, fixando meu olhar com profundidade.

– Eu disse que um dia riríamos horrores dos carmas passados. – ela fala, com a felicidade estampada no semblante.

– E eu desconfiei, para variar. – afirmo, envergonhada. – Você tinha razão.

– Tudo passa nesta vida. – Ela suspira alto.

– E nada é para sempre – emendo.

– Bom, eu ainda acho que somos almas irmãs e que terei que suportar seu mimimi por toda a eternidade – ela alfineta.

– Nem vem, sei que você se diverte com os meus dramas – atiro.

– Pra caramba!

– O que será que a vida está tramando para nós a partir daqui? – O questionamento reverbera enquanto caminhamos para as cabines, descompromissadas.

– Não faço ideia, mas quero viver tudo, sem limites.

– Até que a morte nos separe? – interrogo e ergo a palma da mão. Patty entrelaça os dedos nos meus e finaliza:

– Até que a morte resolva que já deu para nós.

79

JÁ É NOITE E O CÉU ESTÁ DE CALAR A BOCA. ESTRELAS PULSAM COMO CORAÇÕES APAIXONADOS E A LUA ENVOLTA POR UM HALO AZULADO, COMO UM VESTIDO DE FESTA. ESTOU NA VARANDA DA CABINE, PRONTA PARA A BALADA DE LOGO MAIS.

Meu vestido fluido esvoaça com a brisa marítima e as luzes estão apagadas. Meu olhar está fixo na abóbada estrelada e a imensidão do universo parece caber dentro de mim.

Sinto a aproximação às costas. O aroma de almíscar chega antes dele. Fecho os olhos quando suas mãos me abraçam pela cintura. Arfo quando ele deposita um beijo úmido no meu ombro.

– Um milhão pelos seus pensamentos – ele balbucia.

– Estou só coexistindo com o universo.

– Isso é meditação – ele afirma e ganho um beijo no pescoço. – Eu quero dar um presente para você.

– Hm, esse é o motivo dos segredinhos com o Davi? – interrogo.

– Você percebeu, é? – ele sorri e beija a minha bochecha.

– Vocês são óbvios.

– Acho que está enganada. Duvido que saiba o que acontecerá nos próximos minutos.

Ansiosa, giro sobre as sapatilhas para encará-lo. Vasculho o seu olhar e ele permanece sereno, apesar do sorriso soturno. Meu coração dispara e eu paro de respirar quando Thiago se ajoelha.

– O que está fazendo? – questiono, em choque.

– Clara, desde que entrou na minha vida, a definição de caos ganhou uma nova conotação. Você sacudiu as minhas estruturas, derrubou conceitos e me mostrou um lado do amor que eu só conhecia na teoria. – Ele respira e eu não. – Eu sempre soube que acabaria cruzando com alguém como você, uma mulher que injetaria uma dose cavalar de paixão nas minhas veias. Mas não uma paixão adolescente, ilusória... Eu sabia que seria diferente disso. Você é um mistério para mim, como o próprio universo. E, mesmo diante do desconhecido, eu quero me aventurar nessas águas muitas vezes tempestuosas, que me tiram do eixo e tornam a minha vida extremamente divertida e excitante. Eu quero ser o seu parceiro de caminhada, seu melhor amigo, um espelho para o seu autoconhecimento. Quero somar com você, compartilhar, estar presente nos conflitos e nas alegrias da sua vida. Nessa jornada meio louca no planeta Terra, é com você que eu quero ficar até o fim dos meus dias. – E então, para o meu total assombro, ele tira algo do bolso da calça e me estende. – Clara, case comigo.

Boquiaberta, fixo o olhar naquela aliança que cintila sob a luz do luar. Eu esperava qualquer coisa, mas não estava preparada para isso. Apesar de saber que o Thiago é o homem da minha vida, o dharma com o qual sempre sonhei, sou pega de surpresa e não tenho nada ensaiado como resposta. Resolvo me despir de qualquer máscara ou discurso deslumbrado mandando essa:

– Você é o meu melhor lado, minha luz, meu dharma. Não consigo me imaginar com nenhum outro homem nesta vida. Eu agradeço todos os dias por você ter cruzado o meu caminho naquele supermercado e ter me mostrado que amar não é perigoso quando estamos bem acompanhados.

– Está me amando, Clara? – Ele tomba a cabeça de lado e segura o sorriso.

– Estou me amando e, por consequência, estou amando você também. Muito. Desesperadamente. Dramaticamente. Enlouquecidamente...

– Já entendi. – Ele ri e toma minha mão direita. – Imagino que seu discurso seja um "sim, eu quero me casar com você."

– Sim, óbvio, claro, só se for agora, demorou, se joga porque eu já me joguei, deslize essa aliança no meu dedo, por favor.

Com uma gargalhada dessas que iluminam o ambiente, Thiago desliza a aliança suavemente pelo meu dedo. A pele, em contato com o anel, parece sofrer alguma espécie de simbiose muito doida, como se o objeto fizesse parte de quem eu sou.

– Essa aliança significa muito mais do que meras convenções sociais, Clara.

– Vindo de você, não imaginava nada diferente disso.

– É um compromisso espiritual acima de tudo. – Ele beija o anel demoradamente.

– Eu sei, estou pronta.

Ele se ergue e me agarra de um jeito muito especial. Segura o meu rosto entre as mãos quentes e seu beijo é cheio de significados, desses que ecoam num lugar no qual só ele e eu temos acesso.

– A partir de hoje, somos um, meu caos mais precioso.

– Que dó de você – ironizo. – Fez merda na vida passada, é?

– Clara, meu contrato com a Lei do Carma foi rompido há

muito tempo. Você é meu dharma, sua louca deliciosamente sã. Você torna a minha felicidade um estado permanente de ser.

– Hm, fico satisfeita em saber disso. – Enlaço os braços em torno do seu pescoço e faço uma pergunta que acaba de surgir na mente: – Por acaso a Patty está ganhando um presente como esse?

– Sabe que sim. – Ele sorri, cúmplice.

– Que bom, já não era sem tempo.

Com o barulho do mar como trilha sonora, deito a cabeça em seu peito e me sinto abraçada, protegida, cuidada. Seus dedos correm pelos meus cabelos esvoaçantes e resolvo dar voz ao que estou sentindo faz tempo, mas ainda não disse a frase decentemente, porque, né, sou uma idiota:

– Eu te amo, Thiago.

Ele prende o ar nos pulmões e noto que o efeito da minha frase foi tipo um soco no estômago. Finalmente ele volta a respirar e, após um suspiro desses que aliviam a alma, diz, num sussurro ao pé do ouvido:

– Eu te amo, Clara. Por toda a eternidade.

FIM

Primeira edição (novembro/2016)
Papel de Capa Cartão Triplex Ningbo 300g
Papel de Miolo Off-White Lux Cream 70g
Tipografias Aboutface e Chronicle Text G1
Gráfica GRAFILAR Gráfica